Maria und das Einhorn

Begegnung im Jenseits
- ein religiöses Märchen -
- aus christlicher Sicht -

Brigitte Welters

Maria und das Einhorn

Begegnung im Jenseits

- ein religiöses Märchen -

- aus christlicher Sicht -

Bibliografische Information der Deutschen Nationalbibliothek:
Die Deutsche Nationalbibliothek verzeichnet diese Publikation in der
Deutschen Nationalbibliografie; detaillierte bibliografische Daten sind
im Internet über http://dnb.dnb.de abrufbar.

© 2022 Brigitte Welters

Covergestaltung: Laura Kister

Herausgeber: Laura Kister

Herstellung und Verlag: BoD – Books on Demand, Norderstedt

ISBN: 978-3-7543-7387-3

Warnung

Dies Buch ist für niemanden geeignet, der Maria als allerheiligste ewige Jungfrau und Himmelskönigin sieht.

INHALT

Himmel und Erde verbindet Energie.
Wir kennen ihre Wirkung, doch sahen wir sie nie.
Zwischen der Erde und der unsichtbaren Welt
locken uns die Sterne am Himmelszelt.

Die sichtbare Welt lebt in der Zeit.
Verschlossen bleibt noch die Ewigkeit.
Lebend überschreiten wir die Grenze nicht
aus unserer Finsternis ins ewige Licht.

Als Maria zum Brunnen ging,
sie eine Botschaft von Gott empfing.
Die war so ungeheuerlich,
dass sie dachte: »Träume ich?

Es ist unmöglich, dass es geschieht
einer Jungfrau mit schlichtem Gemüt.«
Dann drang vieles auf sie ein.
Gott sorgte dafür, dass sie nicht blieb allein.

Auch schickte er das Einhorn ihr.
»Unsichtbar bleibe ich bei dir.«
Leichtfüßig sprang es in die Zeit
und war für Gott zu allem bereit.

Das Einhorn ist ein Himmelsgeist.
Wenn es auf die Erde reist,
weil gereizt wurde Gottes Zorn,
setzt es ein sein kräftiges Horn.

Voller Freude dient es Gott.
Durchzusetzen sein Gebot,
schlichtet es so manchen Streit
und verhindert auch wohl Leid.

Haben Menschen das Einhorn gesehen,
wundern sie sich, dass etwas geschehen,
was eigentlich nicht konnte sein.
Doch niemals fingen sie es ein.

Es ist Gottes Kampfross, wendig und flink,
stets verlässt es als Sieger den Ring.
Es beschützt nicht nur Mutter und Kind,
sondern alle, die hilflos sind.

Es ist nicht umstritten, dass die Welt vor sehr langer Zeit einen Anfang hatte und sich das Universum immer noch ausdehnt. Die Reihenfolge der Entstehung alles Vorhandenen stimmt mit den wissenschaftlichen Erkenntnissen überein: Licht, Materie, Gestirne, Vegetation, Lebewesen, Mensch. Unbekannt ist nur, wie es zum Anfang kam. Außer dem Nichts muss es irgendetwas gegeben haben, das unsichtbar war und ist. Die einzige Erklärung ist die Kurzfassung der Erschaffung alles Sichtbaren und Unsichtbaren im ersten Satz der Bibel: Gott!

Das Universum ist der sichtbare Teil der unsichtbaren Ewigkeit. Unsere Welt entstand, nachdem der Schöpfer-Geist Gottes über dem Wasser der Urflut schwebte. Es war finster und es herrschte Chaos. Also sprach der allmächtige Gott: Es werde Licht!, schuf Ordnung und danach Leben jeder Art auf der Erde. Über dem sichtbaren Himmelszelt mit einer Vielzahl an Sternen gibt es den unsichtbaren ewigen Teil. Unsere Welt ist begrenzt durch die Zeit mit Anfang und Ende.

Die unsichtbare Himmelswelt können wir zu Lebzeiten nicht betreten. Es muss dort unbeschreiblich schön sein. Aus Berichten von Nahtod-Erfahrungen und Visionen wissen wir, dass Gott, der Vater der Herrlichkeit, in einem unwahrscheinlich glänzenden und doch warmen Licht wohnt. Jesus brachte uns einen Abglanz davon auf die Erde als Hoffnung für uns.

Unsere sichtbare Welt kann man den Vorhof des göttlichen Thronsaals nennen. Himmlische Kräfte wirken hier wie dort. Einen Durchlass für die Menschen zwischen Zeit und Ewigkeit gab es durch ihre eigene Schuld nicht bis Gott ihn durch seine Liebe schuf. Vor etwas mehr als zweitausend Jahren machte er den Weg frei für alle, die ihn erkennen und annehmen. Engel verkündeten Gottes Ankunft auf der Erde und Engel trösteten seine Freunde, als er nach vollbrachter Tat in die Ewigkeit zurückkehrte. Als Helfer kam der Heilige Geist, um uns auf dem Weg zu Gott zu begleiten, wenn wir es wollen. Die endgültige Vereinigung von Himmel und Erde erfolgt erst am Ende aller Zeiten.

Was wir über den Himmel und das Leben dort wissen, ist nicht viel. Es wird uns dort jedenfalls nichts fehlen, was uns Freude bereitet. Leid und Traurigkeit wird es ebenso wenig geben wie irgend welche bösen Taten. Alles ist durchdrungen von Gottes Liebe.

In den heiligen Schriften werden die grünen Auen hervorgehoben und die Ruheplätze am frischen Wasser, das friedliche Miteinander, die Jubelchöre vor Gottes Thron. Beim letzten Abendessen mit seinen Jüngern erwähnte Jesus, Wein werde er erst wieder im Reich Gottes trinken. Er verglich das Leben dort mit fröhlichen Feiern mit gutem Essen, Musik und Tanz wie bei Hochzeitsfesten. Er sagte zu, Wohnungen für alle Kinder Gottes vorzubereiten.

Gegenpol zum Reich Gottes ist das Reich des Widersachers mit ewiger Pein, wo das Feuer nie erlischt. Im Tod entscheidet sich, wohin jeder nach dem Gericht Gottes geht. Niemand kann die Grenze zwischen Himmel und Hölle dann noch überschreiten. Jesus nahm das Kreuz auf sich, um die Tür zwischen Tod und Ewigkeit zu öffnen. Einem Verbrecher, der ihn als Sohn Gottes erkannte, versprach er, er werde mit ihm im Paradies sein. Mit diesem Wort verbinden wir Orte, an denen es uns besonders gut geht, und den Garten Eden. Eine genaue Beschreibung gibt es auch davon nicht.

Das höchste Liebesglück nennen wir ein Gefühl wie im siebten Himmel. Sieben ist die Zahl der Vollkommenheit. Darüber gibt es nichts mehr. Der Apostel Paulus wurde in einer Vision bis in den dritten Himmel entrückt und fand keine Worte für das, was er sah. Unsere Sprache hat dafür keine Ausdrücke. Deshalb können wir uns nur auf das Reich Gottes freuen. Wir müssen allerdings den Weg kennen und gehen.

Der jetzige Himmel wird genau so wie unsere Erde durch eine neue Schöpfung ersetzt werden, wenn Jesus zum letzten Gericht wiederkommt. Dazu finden wir ein paar Hinweise in der Offenbarung des Johannes. Er spricht zunächst vom Baum des Lebens im Paradies, von dem die Auserwählten essen, und vom Heiligen Tempel, in dem sie sich aufhalten. Dann berichtet er über die Schrecken der Endzeit hier auf der Erde.

Schließlich sah er einen neuen Himmel und eine neue Erde. Eine wunderschön geschmückte Stadt, erbaut aus Gold und Edelsteinen, erhob sich vor ihm auf der Anhöhe, in der es keinen Tempel mehr gibt. Gott ist persönlich anwesend. Damit ist jede Lichtquelle überflüssig. Es wird keine Nacht mehr sein. Am Thron Gottes entspringt der Strom des lebendigen Wassers und die Bäume des Lebens tragen jeden Monat köstliche Früchte. Sie stehen überall an der Straße und ihre Blätter haben Heilkraft. Alle Bewohner dieser Himmelsstadt leben glücklich und in Frieden miteinander unter dem Schutz des Höchsten.

Die Geistwesen, die es von Anfang an im Himmel gab, sind ebenso unterschiedlich wie irdische Lebewesen. Gott setzt sie als Boten und Helfer ein. Auch wenn sie im

Einzelfall sichtbar werden, hinterlassen sie auf der Erde keine Spuren. Erzählungen von Begegnungen mit ihnen regten deshalb von je her die Fantasie an. So entstanden Fabeln, Märchen und Legenden. Manchmal ist es schwierig, den wahren Kern zu erkennen.

Das Einhorn wurde in der Mythologie zu einem wilden, gefährlichen Tier. Die Bibel hebt vor allem seine Kraft und Schnelligkeit hervor. Als die Engelsfürsten Michael und Luzifer in Streit gerieten, war das Einhorn zur Stelle. Michael rief: Gott strafe dich! und das Einhorn stieß mit seinem Horn so heftig auf Luzifer ein, dass er »wie ein Blitz aus dem Himmel fiel«, wie Jesus es später ausdrückte.

Seitdem treibt er sein Unwesen hier auf der Erde. Man kennt ihn unter verschiedenen Namen als Feind Gottes. Er verleugnet ihn nicht, sät aber Zweifel. Er ist ein Lügner und Betrüger und lässt die Menschen glauben, dass es weder den noch das Böse gibt. Da er der Engel des Lichts war, bevor er gestürzt wurde, findet er immer noch Gehör.

Das Einhorn wurde auch später von Gott als Helfer eingesetzt. Seine wichtigste Aufgabe auf der Erde war, Gottes Sohn und seine Mutter Maria zu beschützen. In der mittelalterlichen Kirche galt es deshalb als Symbol der Keuschheit. Dem kräftigen Horn wurden Heilkräfte zugeschrieben und bald gab es Einhorn-Apotheken, die Einhornpulver als Heil- und Wundermittel verkauften.

In der Mythologie verliert das Fabeltier seine Gefährlichkeit, wenn es den Kopf in den Schoß einer Jungfrau legt. Grundlage dafür waren wohl sehr alte Gemälde von der Jungfrau Maria, an die sich ein Einhorn zärtlich anschmiegt.

Einen neuen Einfluss auf die Menschen erfuhr das Einhorn am Beginn des 21. Jahrhunderts, nachdem schon lange vorher die Engel fürs Marketing entdeckt worden waren. In der Religion spielt es keine Rolle mehr und in den Bibelübersetzungen wurde es gestrichen.

EINSTIMMUNG

Ich halte eine Tasse Kaffee in der Hand
und schaue versonnen durchs Fenster.
Der Himmel ist blau
mit großen weißen Wolkenteppichen.

Leise schwebt ein Flugzeug darunter her.
Natürlich ist es nicht leise,
doch bei geschlossenem Fenster
höre ich nichts.

Die Wolkenteppiche lösen sich auf
und verweben sich zu weißen Schleiern
über dem Himmelsblau.
Bald werden sie verschwunden sein.

Ich trinke meinen Kaffee aus
und spüle die Tasse.
Über die Fensterscheibe läuft eine Fliege.
Ich hole ein Glas und ein Blatt Papier.

Das ist mein Fliegen-Taxi.
Wird sie sich fangen lassen?
Es gelingt. Ich trage sie hinaus.
Sie fliegt in den Sommertag.

DIE BEGEGNUNG

Diese Geschichte beginnt auf grünen Auen an einem klaren Fluss, in dem verschiedene Fische munter umher schwimmen und miteinander spielen. Am Ufer stehen blühende und gleichzeitig Frucht tragende Bäume, in denen bunte Vögel zwitschern. Maria geht spazieren und ist glücklich. Sie trällert ein fröhliches Lied und wendet sich dem Fluss zu. Ihr Blick erfasst das andere Ufer. Sie erkennt das Einhorn, das dort grast. Lachend läuft sie in seine Richtung und schwebt über das Wasser zu ihm hinüber.

»Wie schön, dir zu begegnen. Wir sahen uns lange nicht.«

Das Einhorn sah auf und stellte fest: »Du hast immer noch dein Zeitgefühl und dein Lachen klingt wie ein Glöckchen am Weihnachtsbaum, mit dem Menschen ihre Kinder zur Bescherung rufen.«

»Es stimmt. Hier gibt es keine Zeit, aber in meinen Erinnerungen schon.« Maria schmiegte sich zur Begrüßung an den Hals des Einhorns. »Sie werden aufgefrischt, wenn wir uns begegnen. Warst du kürzlich auf der Erde? Erzähl mal. Es scheint sich eine Menge verändert zu haben. Was ist ein Weihnachtsbaum mit Glöckchen? Was wird den Kindern beschert?«

Sie setzte sich ins Gras und forderte das Einhorn auf, sich neben sie zu legen.

»Die heutige Zeit ist mit der damaligen überhaupt nicht vergleichbar. Du würdest dich nicht mehr zurecht finden. Ich bin häufig auf der Erde. Obwohl mich die Kirchen als himmlisches Wesen längst gestrichen haben, erhalte ich weiterhin Aufträge von Gott«, antwortete das Einhorn. »Weihnachten nennt man auch Christfest. Man stellt als Symbol des Lebensbaums einen grünen Baum ins Zimmer und schmückt ihn. Die Menschen feiern den Geburtstag deines erstgeborenen Sohnes. Sie wählten dafür das Fest der aufgehenden Sonne am Tag der Wintersonnenwende und nannten die Nacht heilig oder geweiht, weil Gott Mensch wurde. Daher der Name Weihnachten.«

»Jesus wurde nicht im Winter geboren. Es war Frühling, als wir nach Bethlehem reisen mussten«, warf Maria ein. »Aber er brachte in seiner Person das ewige Licht in die Welt. Er musste wachsen wie jedes Kind und auch das Sonnenlicht nahm zu.«

»Schon im Sommer nimmt das Licht wieder ab«, ergänzte das Einhorn. »Inzwischen ist es in der Welt dunkler als vorher. Mit unzähligen Lichtern versuchen die Menschen jede Nacht zum Tag zu machen, was ihr Leben nicht besser macht und der Natur schadet. In der Weihnachtszeit verfallen sie in einen Kaufrausch, um alle Freunde und Verwandten zu beschenken. Nach dem Fest läuft dann die große Umtauschaktion, weil viele der Erwachsenen mit ihren Gaben nicht zufrieden sind. Die Kinder beschert der Weihnachtsmann mit weißem Bart und rotem Mantel. Das passt im Winter. Auf der südlichen Halbkugel ist Weihnachten aber im Sommer. Da versteht man den Sinn des wachsenden Lichts nicht, feiert aber um so lauter recht grotesk mit Weihnachtsmann bei Hitze am Strand.«

Das Einhorn lachte leise und Maria fragte: »Sagtest du nicht, sie feiern Jesu Geburtstag? Wen stellt denn der Weihnachtsmann dar, meinen Mann Josef?«

Das Einhorn schüttelte den Kopf. »Nein, das ist eine menschliche Erfindung, weil man mit dem ursprünglichen

Sinn des Festes nicht mehr viel anfangen kann. Man braucht jemanden, der die Geschenke verteilt. Dass Jesus das Geschenk Gottes an die Menschheit ist, hat man vergessen. In einigen Orten erzählt man den Kindern, das Christkind bringe die Geschenke an seinem Geburtstag vom Himmel, damit sich alle freuen. Zur Zeit der ersten Christen gab es einen Bischof, der den Menschen viel Gutes tat. Als die Kirche ihn heilig gesprochen hatte, wurde seiner am 6. Dezember gedacht. Bald benutzte man den Nikolaustag dazu, Kinder in seinem Namen zu beschenken. Diesen Brauch gibt es immer noch. Später sollte der Weihnachtsmann den Heiligen ersetzen und heißt in einigen Ländern deshalb Santa Claus. Er kommt angeblich im Rentierschlitten vom Nordpol und fährt durch die Wolken, um jede Familie in der ganzen Welt in einer Nacht zu erreichen. Dass das Christfest eigentlich an die Menschwerdung unseres Gottes erinnern sollte, gilt nur noch als Mythos einer Religion.«

»Also hat das Fest nichts mehr mit uns zu tun«, erkannte Maria, »obwohl Jesus doch wollte, das seine Lehre sich über die ganze Welt ausbreiten und die Menschen heilig und frei machen sollte.«

»Die Lehre hat sich ausgebreitet«, bestätigte das Einhorn. »Den Anfang hast du noch miterlebt. Es ging immer weiter, trotz Verfolgung. Wer diesen Glauben ernst nimmt, verleugnet deinen Sohn und seine Lehre nicht, sondern geht freudig durch den Tod hindurch zu ihm, auch jetzt noch.«

Maria nickte. »Ja, ich habe die große Glaubenserweckung durch den Heiligen Geist am Pfingstfest und die unglaubliche Rede des Simon Petrus miterlebt. Einige Zeit später erhielt er Redeverbot, hielt sich aber nicht daran, und die Gemeinde wuchs. Der Hohe Rat ging erneut gegen die Apostel vor, die sich aber auch durch Schläge nicht einschüchtern ließen. Das hat viele beeindruckt. Auch meine

Kinder haben damals erkannt, wer ihr Bruder wirklich gewesen war. Die immer größer werdende Gemeinde musste versorgt werden, und es wurden sieben Männer gewählt, die sich um die Witwen kümmern sollten. Darunter war ein besonders talentierter junger Mann mit Namen Stephanus. Er war der erste Märtyrer, den ich kannte. Es hat uns besonders betroffen gemacht, weil es ausgerechnet die frommen Führer unseres Volkes waren, die ihn steinigen ließen, obwohl er ihnen wahrheitsgemäß die heiligen Schriften auslegte, die sie doch kannten. Sie sahen in Jesus ihren Feind, über den nicht gesprochen werden sollte.«

Das Einhorn berührte sie sanft. »Danach begann die eigentliche Verfolgung erst und sehr viele Christen verließen die Stadt, verschwiegen aber nirgendwo ihren Glauben.«

»Viele sind auch geblieben und trafen sich im Haus einer Frau, die ebenso hieß wie ich«, erzählte Maria weiter. »Mein kleiner Jakobus, der seinen Bruder zu dessen Lebzeiten für einen Spinner hielt, hatte sich auf Grund der Ereignisse völlig geändert. Er wurde ein führendes Mitglied der Gemeinde in Jerusalem. Jakobus, den Bruder von Johannes, ließ Herodes töten und Petrus wurde verhaftet. Wir haben die ganze Nacht für ihn gebetet und er wurde tatsächlich auf wunderbare Weise durch einen Engel befreit.«

»Maria, die euch ihr Haus zur Verfügung stellte, war die Mutter des späteren Evangelisten Markus«, fügte das Einhorn hinzu. »Maria scheint der beliebteste Vorname zu sein.«

»Das ist wohl wahr«, bestätigte Maria, »und unter den Männern war es vermutlich Jakobus. Am bekanntesten sind wahrscheinlich Maria aus Magdala, Maria aus Bethanien und Maria, die Frau des Alphäus Klopas. Wir wurden manchmal verwechselt, Maria aus Magdala mit Maria aus

Bethanien und ich mit der anderen. Auch sie hatte einen Sohn mit Namen Jakobus. Er gehörte wie die Brüder Jakobus und Johannes von Anfang an zu Jesu Anhängern.«

»Weshalb wurden die andern beiden Marias verwechselt?«, wollte das Einhorn wissen.

»Beide liebten Jesus in einer besonders innigen Art«, erläuterte Maria, »und Jesus erwiderte diese Liebe. Mit Erotik hatte es nichts zu tun, das wussten sie und machten sich diesbezüglich keine Hoffnungen. Trotzdem gab es missbilligende Blicke der Männer, die sich wohl hinter den Frauen zurückgesetzt fühlten. Ich denke, so hat es Jesus auch manchmal gemeint.«

»Das hast du richtig erkannt«, bestätigte das Einhorn. »Jesus wusste von dem Machtgerangel unter ihnen, wer der Wichtigste sei. Das sind nicht die, die sich dafür halten.«

»Meine Schwester hat mir von ihrem peinlichen Erlebnis erzählt. Sie bat Jesus um Ehrenplätze in seinem Reich für ihre Söhne.« Maria schüttelte den Kopf. »Also das hätte ich an ihrer Stelle nicht gewagt. Wir glaubten damals alle, Jesus sei der Messias, der die Königsherrschaft über sein Volk übernehmen werde. Das befähigt seine Verwandten doch nicht für bestimmte Regierungsposten. Jesus sagte ihr, darüber könne nur sein Vater entscheiden. Als sie es mir erzählte, ahnte ich, dass er niemals unser irdischer König sein werde.«

»Sein Freund Judas hat dies bis zum Schluss geglaubt«, fügte das Einhorn hinzu. »Er war überzeugt, Jesus werde die Besatzungsmacht mit Hilfe himmlischer Heerscharen vertreiben und dann die Herrschaft in Israel übernehmen. Er brauche dafür nur einen Anlass. Deshalb wurde er zum Verräter und richtete sich selbst, als er seinen Irrtum erkannte, leider.«

Maria nickte. »Das hätte ihm niemand zugetraut, aber Jesus wusste es und hat ihm verziehen.«

»Der Verrat war tatsächlich in Gottes Plan vorgesehen«, erläuterte das Einhorn. »Der Thron Davids, von dem die Rede war, bezog sich allein auf den Anknüpfungspunkt Gottes. Vor seiner Berufung hütete David die Schafe seines Vaters, hatte also kein besonderes Ansehen, bis Gott ihn rief.

Ich erinnere mich an eine Begebenheit, dass eine in der Stadt verachtete Frau weinend zu Jesu Füßen nieder fiel, ihn zum Entsetzen der anwesenden Männer salbte und küsste. Jesus erkannte ihre große Liebe und sagte: Deine Sünden sind dir vergeben. Gehe hin in Frieden.« Das hat die Frommen sehr gegen ihn aufgebracht. Die Frau strahlte vor Glück. Vermutlich hat sie die Stadt verlassen, wo sie jeder kannte und verachtete. Gehört hat man nichts mehr von ihr. Ich hoffe, sie hat einen guten Start in ein neues Leben gefunden.«

»Auch Maria aus Bethanien hat Jesus während eines Abendessens mit einem sehr teuren Salböl übergossen«, wusste Maria. »Das hat seinen Jüngern überhaupt nicht gefallen. Doch Jesus nahm sie in Schutz und erklärte, sie habe ihn vorab zu seinem Tode gesalbt. Das hat niemand verstanden, doch eine Woche später geschah es. Danach hat sie es mir erzählt.« Maria wandte sich ab.

»Kurz davor war ihr Bruder Lazarus gestorben und begraben worden«, fügte das Einhorn hinzu. »Vier Tage später kam Jesus mit seinen Jüngern und rief ihn ins Leben zurück. Auch das war ein Hinweis auf seinen eigenen Tod und seine Auferstehung, wovon er schon wiederholt gesprochen hatte. Aber was war mit der Namensgleichheit im

Jüngerkreis? Warum wurdest du mit der anderen Maria verwechselt, nur weil eure Söhne gleiche Vornamen hatten?«

»Ihr Jakobus nannte sich Sohn der Maria, der andere Sohn des Zebedäus«, erklärte Maria. »Nachdem mein kleiner Jakobus sich zur Nachfolge entschieden hatte, stellte er sich ebenfalls als Sohn der Maria vor. Das führte zu einiger Verwirrung, als er in der Gemeinde mitarbeiten wollte. Marias Sohn benutzte dann den Namen seines Vaters Alphäus. Jesus war als Mensch Jude, in dieser Lehre erzogen und natürlich mit diesem Volk besonders verbunden. Das betonte mein Jakobus immer wieder und schließlich war er bekannt als Bruder des Herrn. Er setzte sich besonders für die Rettung unseres Volkes ein. Zehn Jahre später habe ich auch ihn verloren. Er ist ebenfalls als Märtyrer gestorben.«

Sie fasste nach dem Horn des Tiers neben ihr und stand auf. »Warst du damals unsichtbar dabei? Konntest du nicht die Mächtigen vom Thron stoßen?« Sie umarmte das Einhorn, das sich ebenfalls erhoben hatte, und barg ihr Gesicht an seinem Hals. So standen sie einen Moment bis Maria sich wieder von ihm löste. Das Einhorn pflückte vom nächsten Baum eine Frucht und bot sie Maria vorsichtig zwischen den Lippen haltend an. Diese nahm sie und biss lachend hinein. »Etwas zu essen ist immer gut.« Sie gingen weiter.

»Ja, hier ist kein Ort für Traurigkeit. Die Märtyrer sind ja nicht für die Ewigkeit gestorben, sondern vorzeitig in die Herrlichkeit gelangt. Durch die Verfolgung wurden die Anhänger Jesu weit verstreut und gründeten überall Gemeinden. Das war der Anfang der Weltkirche«, fuhr das Einhorn fort. »Außer der in Jerusalem hast auch du einige andere kennen gelernt. Was die Menschen damals begeisterte, wurde natürlich schriftlich festgehalten für die

Nachkommen, immer wieder abgeschrieben und weitergegeben. Der Heilige Geist bewirkte damals überall große Wunder.«

»Das war erstaunlich«, erinnerte sich Maria. »Jesus war tatsächlich unsichtbar bei uns. Wir haben es alle gespürt. Doch die geistlichen Führer unseres Volkes waren total verstockt. Wie sie schon Jesus mit falschen Anschuldigungen den Römern ausgeliefert hatten, so taten sie es jetzt mit seinen Nachfolgern.«

»Trotzdem wuchsen die christlichen Gemeinden überall. Allerdings hat Jesus noch einmal persönlich eingegriffen und seinen ärgsten Verfolger zum wichtigsten Verkünder der Wahrheit gemacht.« Sie hatten eine wunderschön gestaltete Brücke erreicht. Das Einhorn betrat sie, um hinüber zu gehen. Maria blieb stehen. Lehnte sich über das Geländer und sah den Fischen im klaren Wasser zu.

»Paulus war auf Grund seiner Abstammung und Ausbildung der richtige Mann, die Lehre Jesu durch Vermittlung des Heiligen Geistes durch Wort und Schrift zu verbreiten«, bestätigte Maria. »Er hat sehr viel leiden müssen, sowohl von den Juden als auch von den Römern. Doch er blieb bei dem, was er als richtig erkannt hatte, und verkündete Gottes Wahrheit überall. Er hatte begriffen, dass Gott nicht nur die Juden, sondern alle Menschen auf der Welt retten möchte, ohne Unterschied. Vor Gott zählt weder das Geschlecht noch die Nationalität.«

»Durch seine Missionsreisen war er sehr erfolgreich«, wusste auch das Einhorn. »Er hat Jesus nie als Mensch kennengelernt, war ihm durch den heiligen Geist aber näher gekommen, als alle, die mit Jesus gelebt haben. Seine fundierten Briefe sind heute noch die wichtigste Grundlage der christlichen Lehre, allerdings hat man versucht, ihn als

Frauenfeind darzustellen, und das weitere Drumherum hat die Wahrheit zerstört.«

Maria schüttelte den Kopf. »Ein Frauenfeind war Paulus auf keinen Fall. Ich habe ihn persönlich gekannt. Wir waren eins in Christus, wie er sich ausdrückte. Bei Gott gibt es keinen Unterschied zwischen Mann und Frau.«

»Richtig«, bestätigte das Einhorn. »Er hatte keine Berührungsängste und hielt Frauen nicht für zweitrangig. Als er in Philippi an der vermeintlich jüdischen Gebetsstätte nur Frauen vorfand, predigte er ihnen ganz selbstverständlich die frohe Botschaft, obwohl die meisten keine Juden waren. Unter ihnen war die reiche Purpurhändlerin Lydia. Purpur ist schwer herzustellen und deshalb sehr teuer. Philippi war ein Außenposten des Römischen Reichs. Cäsar hatte angeordnet, dass nur er und die höchsten Beamten seines Hofes Purpur tragen durften. Lydia hatte also Handelsbeziehungen zum Kaiser in Rom, hielt ihn aber nicht für einen Gott. Sie nahm die frohe Botschaft, die Paulus verkündete, deshalb gern an und er ihre Gastfreundschaft. In ihrem Hause trafen sich die ersten Christen in Europa, deren Leiterin sie wurde. Paulus hatte absolut kein Problem damit.«

»Was meintest du mit Drumherum?« Maria sah das Einhorn fragend an.

»Für ein geordnetes Gemeindeleben werden Regeln gebraucht«, erklärte das Einhorn. »Paulus begann damit, einige aufzustellen. Da er die unterschiedlichen Kulturen berücksichtigte, waren sie in einigen Punkten für Männer und Frauen verschieden. Was er zum Beispiel über Kleidung und Frisuren sagte und dass Gemeindeleiter und Bischöfe verheiratet sein sollten, hat die Kirche später nicht als verbindlich angesehen. Die Zurückstellung der Frau passte ihnen in den Kram. Im Laufe der Zeit wucherten die kirchlichen Gesetze dann wie Unkraut, wie es in deinem Volk auch schon war. Sie stärkten die angeblich göttliche Institution, die sich gebildet hatte und die Jahrtausende überstand. Reformer versuchten wiederholt, auf den Ursprung der Lehre und ihre Bedeutung für die Welt zurück zu kommen, doch es misslang. Jesus sprach von Einheit und Gemeinschaft der Heiligen, meinte aber keine Organisation. Inzwischen gibt es davon eine Unzahl und jede hält sich für die Richtige.«

Maria hatte interessiert zugehört. »Ich stelle mir die Kirche vor wie einen Baum. Jesus ist der Stamm, die Menschen die Äste. Sie verzweigen sich immer weiter und nehmen einander das Licht. So ein Baum muss beschnitten werden. Ich meine, das hat Jesus schon vorausgesagt.«

»Er sprach vom Weinstock und den Reben, die beschnitten werden müssen, um viel Frucht zu tragen«, bestätigte das Einhorn. »Daran haben die Kirchenleute vielleicht gedacht, doch die abgeschnittenen Zweige haben sich selbständig gemacht. Welche nun die richtige Frucht bringen, darüber wird Gott am Ende entscheiden. Das hat Jesus auch gesagt, lasst Unkraut und Weizen miteinander wachsen bis zur Ernte. Dann wird es sortiert.«

»Wenn sich die Reben vom Weinstock trennten, verloren sie ihr Leben. Mich erinnert es an das frühere Israel. Es beneidete andere Völker und wollte einen König wie sie. Ein unsichtbarer Gott, der durch Propheten zu ihnen sprach, genügte ihnen nicht. Ist es so mit der Kirche?« Maria sah fragend zu ihrem Gesprächspartner.

»Ja, genau so war es bei den Christen«, antwortete das Einhorn. »Zur Zeit der Verfolgung ging es ausschließlich um den Glauben und die Lehre Jesu. Als die Christen nicht nur geduldet wurden, sondern ihre Lehre im römischen

Reich zur Staatsreligion erhoben wurde, entstand die Organisation Kirche nach weltlichem Vorbild. Aus der frohen Botschaft wurde eine Drohbotschaft, um die eigene Macht zu stärken. Es wurde ein Stellvertreter Gottes auf Erden gewählt und Gott gewissermaßen entmachtet. Man baute wunderbare Kirchen und Kathedralen und führte als Hinweis auf die Herrlichkeit des Reiches Gottes ein prunkvolles Leben. Mit ihren Glaubensregeln und Dogmen schränkte die Kirche die Freiheit ein, die Jesus verwirklicht wissen wollte. Sie bestimmt, wie ein Mensch in den Himmel kommt und wer vor Gott heilig ist.«

»Heiligkeit ist eine Teilhabe am göttlichen Wesen, Abglanz seiner Heiligkeit«, warf Maria ein. »Darüber können Menschen nicht entscheiden. Sie können sich nur Gott weihen, damit seine Vollkommenheit sie heiligt.«

»Macht, Stärke, Ruhm und Ehre wollen die Mächtigen aber für sich selbst«, fuhr das Einhorn fort, »wie es immer schon war. Das Wohlergehen der Menschen interessiert wenig. In wunderschönen großen Tempeln wohnt im Allerheiligsten ein ganz kleiner unsichtbarer Gott. Er ist wegen der Einzigartigkeit unzugänglich für das Volk. Das Kruzifix ist meist sichtbar aufgehängt, verschweigt aber die ganze Wahrheit und macht Höllenangst. Für dich gibt es viele Altäre. Du bist die Heiligste aller Heiligen, deren Bild die Gläubigen verehren sollen. Sie flehen dich an, für sie bei deinem Sohn einzutreten, oder sie bitten dich direkt um ein Wunder und berufen sich auf deine Erscheinungen.«

»Meine Erscheinungen?«, fragte Maria verwundert. »Wenn mich jemand leibhaftig gesehen haben will, muss er das geträumt haben. Gott beauftragt mich nicht mit Botendiensten. Verstorbene dürfen nicht auf die Erde zurückkehren. Jesus war der Einzige, der durch den Tod hindurch gegangen ist, um den Menschen anschließend das Ergebnis für sie mitzuteilen. Er ist der einzige Vermittler. Anbetung gebührt nur ihm und Gott-Vater.«

»Die Menschen wissen, dass du im Himmel lebst. Die Kirche hat dich heilig gesprochen und in verschiedenen Jahrhunderten gab es Menschen, die dich leibhaftig gesehen und gehört haben wollen. Es wurden Kapellen, Kirchen und Altäre für dich gebaut und es gibt Wallfahrtsorte, an denen du angeblich Wunder tust.«

»Das ist Religion und hat mit der Wahrheit nichts zu tun.« Maria war empört. »Allein Gott-Vater, Sein Sohn und der Heilige Geist haben gemeinsam die Macht im Himmel und auf der Erde. Das hat Jesus seinen Anhängern vor seiner Rückkehr in den Himmel ausdrücklich gesagt. Sie sollten es allen Menschen erzählen, sie eintauchen in die Liebe der Dreieinigkeit, und ihren Glauben in Christus mit dem heiligen Geist versiegeln. So sind alle geheiligt, die sich zu ihm halten. Einzelnen gibt er auch die Macht, auf Erden Wunder zu tun, solange sie dort leben. Doch diese Verirrung der Kirchenlehrer ist nicht mein Problem. Jesus und der Heilige Geist werden sich damit befassen.«

»Das hast du hübsch formuliert, eintauchen in die Liebe der Dreieinigkeit. Natürlich kann nur Gott selbst entscheiden, wer heilig ist und zu ihm gehört. Nimm es den Menschen nicht übel, dass sie neben Gott-Vater auch eine Mutter im Himmel haben möchten. Es scheint in ihrer Natur zu liegen, sich ihre eigene Wahrheit zu schaffen. Wie sie damit zurecht kommen, wird sich zeigen. Komm, spazieren wir weiter.«

Das Einhorn ging hinunter zum Fluss und trank etwas Wasser. Maria folgte ihm. »Ich ziehe ein Glas Wein vor. Lass uns das Festzelt aufsuchen.«

Schon bald hörten sie fröhliche Musik. Tänzer und Tänzerinnen schwebten ihnen lachend und singend entgegen. Das Einhorn mischte sich unter sie. Maria ging zum Büfett. Sie füllte einen Teller mit den leckeren Speisen, setzte sich auf einen freien Platz an einem Tisch und grüßte. Alle hoben ihre Gläser als Antwort. »Gelobt sei Jesus Christus.«

Ein dienstbarer Geist reichte auch Maria ein Glas Wein. Sie hob es nun ihrerseits, lächelte in die Runde und trank. »Lob, Preis und Ehre dem Herrn.« Sie setzte das Glas ab und begann zu essen.

Der Chor der Erlösten sang »Halleluja, lasst uns Gott die Ehre geben, dem Heiligen, der auch uns heiligte«. Maria überkam ein Glücksgefühl, das sie auf der Erde nie gekannt hatte. Vielleicht sollte sie sich den Sängerinnen anschließen? Hin und wieder hatte sie es schon getan.

Während sie noch lauschte und überlegte, erschien das Einhorn. »Alles zu deiner Zufriedenheit?«

»Es könnte besser nicht sein.« Maria erhob sich und beide verließen das Festzelt.

»Ich bin immer noch begeistert«, setzte Maria das Gespräch fort. »Das Leben in der Ewigkeit ist unbeschreiblich schön. Es gibt dafür keine menschlichen Worte. Man braucht sich vor nichts zu fürchten. Alle leben friedlich mit oder neben einander, aber nie auf Kosten anderer wie auf der Erde. Niemand sagt etwas Böses oder sieht einen auch nur geringschätzig an.«

»Das kommt daher, weil es hier keinen Feind gibt«, antwortete das Einhorn. »Auf der Erde herrscht der große Durcheinanderwerfer, wie Luzifer auch genannt wird. Die Menschen fallen immer wieder auf ihn und seine Lügen herein. Sie haben keine Vorstellung von Himmel und Hölle; aber die Hölle erscheint ihnen anziehender. Sie fürchten, im

Himmel sei alles verboten. Die armen Seelen müssten un-unterbrochen Halleluja singen, und das während der ganzen Ewigkeit. In der Hölle aber sei alles erlaubt, auch Dinge, die auf Erden verboten sind, und so könne es nie langweilig werden.«

Maria schüttelte den Kopf. »Wie es in der Hölle ist, kann und will ich mir nicht vorstellen. Es ist das Gegenteil von schön, also sehr schrecklich. Hier bin ich frei wie nirgendwo sonst. Kein Mensch gleicht dem andern. Auch in der Ewigkeit sind wir nicht gleichgeschaltet. Natürlich stehen dauernd Sänger und Sängerinnen um den Thron Gottes, doch sie wechseln sich ab. Manchmal singe ich auch mit. Die Möglichkeiten etwas zu tun sind unerschöpflich. Du kennst es ja. Ich sitze am liebsten auf der Himmelsschaukel. Sie schwingt mit mir auf und ab und weit durch die Ewigkeit. Ich könnte alles gleichzeitig überblicken, auch die Zeiten, wenn mir dabei nicht schwindelig würde. Also schließe ich die Augen und genieße mein Glück. Überall gleichzeitig zu sein, ist Gott, Jesus und dem Heiligen Geist vorbehalten. Langeweile gibt es hier auf keinen Fall. Wenn ich zu etwas keine Lust mehr habe, fällt mir bestimmt etwas anderes ein.«

»Zum Beispiel essen und trinken«, fügte das Einhorn hinzu und lachte. »Die Tanzerei war nicht erfüllend für mich. Da habe ich mich auch ein wenig an dem wundervollen Gemüse gelabt. Auf der Erde schmeckt es mir bei weitem nicht so gut, nicht einmal das Gras und frische Wiesenkräuter. Es ist dort nichts mehr original Natur.«

»Ich denke, das gute Essen haben wir meinem Sohn zu verdanken.« Maria lachte leise. »Er liebte es auch auf der Erde und guten Wein. Er ließ sich gern einladen. Mich hat geärgert, dass sie ihn verächtlich einen Fresser und

Weinsäufer nannten. Das war er ganz und gar nicht. Er hat sich nie betrunken. Er war ein Genussmensch.«

»Bei seinen Tischgenossen war er nicht wählerisch. Mit wem er aß, war ihm egal, oder richtiger gesagt: Er bevorzugte die Gemeinschaft mit Verachteten. Das machten die Frommen ihm hauptsächlich zum Vorwurf. Nach ihren Regeln machte es ihn unrein«, warf das Einhorn ein.

»Genau das habe ich zuerst auch gedacht«, antwortete Maria. »Ich bin ja mit den vielen Vorschriften und Regeln aufgewachsen. Als Angehöriger des auserwählten Volkes Gottes musste man sich an alles halten, was die Priester und Schriftgelehrten als richtig erkannt hatten, um Gottes Willen zu tun. Jesus hörte sich zwar alles an, doch dann tat er, was er wollte. Die Gebote sind für die Menschen gemacht, nicht von ihnen, und die Menschen nicht für die Gebote. Für ihn waren weder Kranke noch Sünder unrein und auch keine Tiere. Er ließ sich wahllos von allen einladen und aß und trank mit ihnen. Als ich ihn fragte, antwortete er mir: Was der Mensch isst, macht ihn nicht unrein. Nicht die Gesunden brauchen einen Arzt, sondern die Kranken. Ich habe erst später verstanden, was er meinte.«

»Ja, er kannte die Menschen und sich selbst. Dem Reinen ist alles rein. Wir können alles jederzeit genießen«, bestätigte das Einhorn und Maria erwiderte: »Du musst immer damit rechnen, einen Auftrag zu erhalten. Ist das nicht störend?«

»Das ist meine Aufgabe. Ich bin ein dienstbarer Geist, keine geheiligte Seele. Das unterscheidet uns. Ihr habt eure alten Erinnerungen. Ich erlebe bei Durchführung meiner Aufträge die fortlaufende Zeit, ohne dabei in Gefahr zu geraten.«

»So kannst du mir berichten, was sich im Laufe der Jahrhunderte auf der Erde ändert. Die neu zu uns kommenden Seelen begegnen uns bei der Anbetung Gottes. Sie sprechen zwar mit allen, doch von der Erde erzählen sie wenig.« Maria schien das zu bedauern.

»Das liegt daran«, antwortete das Einhorn, »dass sie ihre irdischen Erinnerungen nicht in unsere für lebende Menschen unaussprechlichen Worte übertragen können. Außerdem haben sie vieles vergessen, was vor ihrer Bekehrung geschah. Ihr altes Leben wurde durch Jesu Blut ausgelöscht. Für dich und mich geht alles ineinander über. Du trugst als Mensch das Göttliche in dir und ich gehöre mehr oder weniger in beide Welten.«

»Es stimmt«, erkannte Maria. »Sie reden nur über ihr irdisches Leben mit meinem Sohn und dem Heiligen Geist. Erst nachdem ihnen klar wurde, dass man sich den Himmel nicht verdienen kann, scheinen sie wirklich gelebt zu haben. Vielleicht ist mein Interesse für die Zeit tatsächlich ungewöhnlich, weil ich dich schon auf der Erde kennengelernt habe und eine der ersten Christinnen bin. Auch ich gehöre zu den Geheiligten Gottes allein aus seiner Gnade. Deshalb ist mir die Lehre der Kirche, die mich als Heilige besonders hervorhebt, völlig unverständlich. Ich kann sie nur ablehnen.«

»Nimm's nicht persönlich«, tat das Einhorn diesen Einwand ab. »Du bist zwar die höchste, aber nicht die einzige Heilige, zu der sie beten, und heilige Männer gibt es auch jede Menge. Hier bei uns treten sie natürlich nicht besonders in Erscheinung und wissen davon vermutlich gar nichts. Mein Abbild wird genauso vergöttert, wenn auch nicht von der Kirche. Es dient in der Werbung hauptsächlich dazu, kleine Mädchen zu dummen Weibchen zu machen. Hübsch und süß sollen sie sein wie ein rosa

Plüschtier, das meinen Namen trägt. Mit dir will die Kirche ähnliches erreichen. Du stehst als Himmelskönigin für die angeblich wahre Frauenrolle. Keusch und züchtig, demütig, gehorsam und mütterlich sollen Frauen sein, um heilig zu werden und wie du in den Himmel zu kommen. Für die, die es besonders ernst meinen, gibt es seit Jahrhunderten ein Kloster, in dem junge Mädchen mit dem Ziel erzogen werden, deiner Heiligkeit nachzueifern, um als unbefleckte Jungfrau das Paradies zu erreichen.«

»Unbefleckte Jungfrau?« Verständnislos sah Maria das Einhorn an. »Was ist das?«

»Du wurdest angeblich nie von einem Mann berührt«, antwortete das Einhorn. »Josef wurde dir von Gott zur Seite gestellt, um deine Jungfräulichkeit zu schützen. Dafür hat die Kirchenreligion auch ihn für heilig erklärt. Er war angeblich ein alter Witwer mit mehreren Kindern und nahm dich trotz der nichtehelichen Schwangerschaft bei sich auf. Er rührte dich aber nie an.«

»Ich war also seine Haushälterin und Erzieherin seiner Kinder?«, fragte Maria erstaunt. »Wie wird begründet, dass Gott ein junges, schwangeres Mädchen, das seinen Sohn gebären soll, völlig ungeübt den Haushalt eines alten Mannes mit Kindern führen ließ? Geheiratet habe ich nie?«

»Genaues wissen die Legenden nicht«, musste das Einhorn zugeben. »Es ist nicht sicher, ob Josef Kinder hatte oder nie eine Frau. Wichtig für eure Heiligsprechung war, dass er dich nie anrührte und du schon ohne Sünde gezeugt wurdest. Ihr lebtet immer als heilige Familie in Nazareth. Dass ihr in Bethlehem und Ägypten wart, ist umstritten.«

Maria blieb stehen. »Meine Eltern waren verheiratet und fromm wie die meisten Leute, die wir kannten. Mich zu zeugen war keine Sünde, aber heilig waren wir ganz bestimmt nicht. Als Haushälterin zu einem alten Witwer mit Kindern hätten sie mich nie gegeben, als Ehefrau vielleicht, wenn sie von meiner vorehelichen Schwangerschaft gewusst hätten. Nachdem der Engel bei mir war, wollte ich zuerst Elisabeths Rat einholen. Danach war es nicht mehr erforderlich, meinen Eltern eine Erklärung für meine Schwangerschaft abzugeben. Josef nahm mich zur Frau, was für alle auch sein Bekenntnis zu meinem Kind war. Eine richtige Ehe haben wir allerdings erst später geführt. Er wollte das Heilige in mir nicht stören. Er sagte, wenn Gott uns auserwählt hat, seinen Sohn aufzuziehen, so wollen wir es so gut wie möglich tun. Nachdem Jesus vom Kind zum Mann herangereift war, sah er seinen Auftrag als erfüllt an. Er ist deshalb nie mitgegangen, wenn ich Jesus und seine Gruppe besuchte.«

»Das Heilige wuchs in dir und hat die Fantasie der Menschen beflügelt. Niemand kann sich vorstellen, dass der heilige Gott zu ganz normalen sündigen Menschen kommt«, erklärte das Einhorn. »Du bist die Allerheiligste Jungfrau. Deine ewige Jungfräulichkeit und Sündlosigkeit hat sogar der Islam übernommen. Das ist eine Weltreligion, die sich auf Abraham beruft. Sie bedeutet Eintritt in den Stand des Heils, und sieht in deinem Sohn Isa einen besonderen Propheten, aber auf keinen Fall Gottes Sohn. Das wird als Gotteslästerung gesehen.«

»Er ist aber Gottes Sohn. Wie soll ich sonst als Jungfrau schwanger geworden sein? Propheten konnten den Weg zu Gott nicht öffnen. Für Christen müsste das selbstverständlich sein«, entgegnete Maria.

»Es ist nicht selbstverständlich, sondern außergewöhnlich«, fuhr das Einhorn fort. »Um deine Bedeutung allen zu erklären, malte man Bilder von dir. Sie zeigen dich als mütterliche Frau, aber auch als Königin, mit den Gestirnen bekleidet, auf einer Wolke sitzend und von Engeln in den Himmel getragen. Deine Person hat die Maler vieler Jahrhunderte immer wieder angeregt. Andere Künstler fertigten Standbilder von dir, die in Kirchen und Kapellen auf besonderen Altären stehen. Absurd finde ich die Reliquien, wie Teile deiner Kleidung, deinen Gürtel, deinen Verlobungsring und - nicht gerade appetitlich - deine Milch, mit der du die Verworfenen im Fegefeuer erfrischst.«

Maria war entsetzt. »Das ist absolut abartig. Ich war und bin doch keine Ziege, die außer ihre Zicklein auch die Menschen versorgen muss, denen sie gehört. Was sind Verworfene im Fegefeuer?«

Sie befanden sich in der Nähe des Badesees und fröhliches Lachen drang zu ihnen herüber. Auch das Einhorn begann zu lachen. »Es soll deine besondere Heiligkeit bestätigen. Zwischen Himmel und Hölle hat die Kirche das Fegefeuer eingefügt. Da kommen die Seelen der Frommen hin, die noch nicht rein genug sind für den Himmel und Sündenstrafen abbüßen müssen. Ihnen kann die Zeit von außen erträglicher gestaltet werden. Das tust du, indem du deine Milch über sie versprühst. Die noch auf der Erde lebenden Angehörigen können den armen Seelen die Pein verkürzen, indem sie Messen für sie lesen lassen oder Ablassbriefe kaufen. Die konnte auch jeder im Hinblick auf sein Ableben für sich selbst erwerben. Das spülte viel Geld in die Kirchenkasse. So war es jedenfalls zur Zeit, als Martin Luther versuchte, die Kirche zu reformieren.«

»Sie lehrten also, dass man sich in den Himmel einkaufen kann mit irdischem Geld? Das ist ja schlimmer als jede andere Religion, sogar schlimmer als Gotteslästerung. Man macht ihn zum Lügner. Seine Menschwerdung und seine Leiden für die Menschheit wären völlig überflüssig. Den

Erfindern dieser Religion ist die Hölle sicher. Da rettet sie kein Fegefeuer und meine Milch bestimmt nicht.«

»Komm, wir setzen uns ans Ufer des Sees«, schlug das Einhorn vor und ging voraus. »Vergiss den Unsinn. Es gibt genug Christen, die die Wahrheit kennen und auch dich nur als das sehen was du wirklich bist: die menschliche Mutter des Gottessohnes. Sein Opfer ist nach wie vor gültig, aber ebenso die Entscheidungsfreiheit der Menschen. Deshalb lässt Gott sie gewähren. Die Wahrheit können sie nicht ändern.«

Maria war dem Einhorn gefolgt, doch sie setzte sich nicht am Ufer nieder. »Was erzählt man sich von meinem Mann?«, fragte sie und das Einhorn antwortete:
»Es wird vermutet, er sei früh gestorben, sodass Jesus für dich verantwortlich war. Man folgert dies daraus, dass er dich am Kreuz seinem Lieblingsjünger anvertraute.«

»Ja, das tat er«, bestätigte Maria. »Meine jüngeren Kinder wollten damals noch nichts von Jesu Lehren wissen und nahmen ihm übel, dass er die Familie verlassen hatte, um als Prediger durchs Land zu ziehen. Nach der allgemeinen Meinung war er als ältester Sohn verpflichtet, Josefs Beruf auszuüben und nicht die Thora zu studieren, wie er es getan hatte. Das war Sache der Söhne aus Priesterfamilien und der Schriftgelehrten. Johannes stand Jesus sehr nahe. Er war der Sohn meiner Schwester Salome, der Frau von Zebedäus. Auch mir war anfangs vieles unglaublich erschienen, was wir über Jesus hörten, nachdem er ausgezogen war. Einerseits war er beliebt, andererseits wurde er angefeindet, weil er gegen das Gesetz verstieß, obwohl er alle Vorschriften kannte. Seine Brüder und ich wollten ihn eines Tages zur Rede zu stellen, doch er ließ uns gar nicht in seine Nähe. Familie nannte er alle, die seiner Lehre folgten. Nun wollte ich begreifen, um was es ihm und Gott tatsächlich ging, und besuchte seine Anhänger häufiger. Deshalb wollte Jesus, dass ich nach seinem Tod meinen Platz in dieser Gruppe behielt.«

»In deinem Sohn wurde Gott der Retter der ganzen Menschheit«, warf das Einhorn ein. »Davon durfte er sich nicht abhalten lassen. Er suchte vor allem die verlorenen Schafe, die ihn dringend brauchten. Erinnerst du dich an Zachäus?«

»Ich habe von ihm gehört. Warst du dabei?«, zeigte sich Maria interessiert.

»Natürlich. Jesus war mein Auftrag von der Zeugung bis zur Heimkehr. Ich habe ihn immer unsichtbar begleitet und beschützt.« Das Einhorn schien stolz zu sein, dies sagen zu können.

»Dann erzähl mal«, forderte Maria es auf. »Wie spielte sich die Geschichte genau ab? Ich denke, es ist besser, wenn wir uns dort unter dem Baum niederlassen.«

Das Einhorn begann zu lachen und folgte ihr. »Ein Baum ist der richtige Platz. Ich finde es immer noch sehr komisch. Zachäus war zwar reich, aber vom Volk verachtet. Er hatte von Jesus gehört und wollte ihn unbedingt einmal sehen. Doch an der Straße, die er entlang kommen würde, standen viele Menschen, die den Oberzöllner nicht durchließen. Über sie hinwegsehen konnte er nicht. Fast verzweifelt lief er hinter ihnen entlang bis er zu einem großen Maulbeerbaum kam. Mit viel Mühe schaffte er es, diesen zu erklettern. Das habe ich ihm gar nicht zugetraut. Oben setzte er sich auf einen Ast. So konnte er selbst zwischen den Blättern die Straße beobachten, wurde von unten aber nicht gesehen.«

Das Einhorn machte eine Pause. Maria wurde ungeduldig. »Ja, und dann?«

»Dann passierte, was wohl jeder für unmöglich gehalten hat, Zachäus eingeschlossen. Jesus erreichte, umringt von einer Menschengruppe, den Baum und blieb stehen. Jeder dachte, nun werde er eine Rede halten. Doch er sah nach oben und rief: Zachäus, komm runter. Ich möchte bei dir zu Abend essen. Der Schreck muss dem kleinen Mann gehörig in die Glieder gefahren sein, und das Volk war empört. Wie kann er sich bei einem Sünder einladen! Nun, so war dein Sohn. Zachäus versprach, ein anderer Mensch zu werden, veruntreutes Gut zu erstatten und seinen Reichtum zu teilen und Jesus ging mit ihm essen. Du sagtest selbst, wie gern er gut aß. Bei einem Reichen erwarteten ihn natürlich auserlesene Speisen. Über seine Liebe zu gutem Wein hast du selbst ein Erlebnis gehabt.« Fragend sah das Einhorn Maria an.

»Meinst du die Hochzeit in Kana?«, fragte sie. »Wir waren dort mit der ganzen Familie eingeladen. Es ging schon den ganzen Tag hoch her. Als ich die Bediensteten flüstern hörte, der Wein sei alle, dachte ich, Jesus wisse vielleicht, wo man schnell noch welchen besorgen könne. Ich sagte es ihm. Doch er wies mich zurecht, es ginge mich nichts an und es sei auch nicht seine Sache. Trotzdem hoffte ich, er hätte verstanden, worum es mir ging, und sagte den Dienern, falls er ihnen einen Auftrag erteile, sollten sie ihm bitte gehorchen.«

Das Einhorn schmunzelte. »Jesus trat vor die Tür und ich wurde für ihn sichtbar. Ich ging zum Brunnen, trank und sah ihn an. Da fiel bei ihm der Groschen. Den weiteren Verlauf kennst du ja.«

Maria nickte. »Er ließ die Wasserkrüge füllen und der Inhalt wurde zu bestem Wein. Das hatte ich nicht erwartet. Ehrlicherweise muss ich zugeben, ich hatte mir keine

Gedanken darüber gemacht, was ein Sohn Gottes auf der Erde für Aufgaben hat. Dass er auf einem Fest, an dem ein Teil der Gäste nicht mehr nüchtern war, Wein machen würde, hätte ich für unmöglich gehalten. Natürlich wusste ich aus den heiligen Schriften, dass Gott unser Volk in der Wüste ernährte, aber doch nur, damit es nicht verhungerte und verdurstete.«

»Ich denke, er wollte auf die Herrlichkeit in der Ewigkeit hinweisen«, versuchte das Einhorn eine Begründung zu finden. »Hier im Reich Gottes ist alles vollkommen. Er verglich es häufig mit der Hochzeitsfeier eines Königs. Da wird der beste Wein getrunken.«

Maria sprach weiter. »Es war Jesu erstes Wunder und beeindruckte auch seine Geschwister. Er war damals schon zu Hause ausgezogen und wohnte in Kapernaum. Nach Abschluss der Feierlichkeiten begleiteten wir ihn, um zu sehen, wie er dort lebte.«

»Jesus hielt sich nie lange in Kapernaum am See Genezareth auf, sondern zog umher«, erzählte das Einhorn. »Er hatte keine eigene Wohnung. Freunde stellten ihm und seinen Begleitern eine Unterkunft zur Verfügung. Er war sehr genügsam. Unterwegs wusste er oft nicht, wo er die Nacht verbringen konnte. Kapernaum sah er als seinen Lebensmittelpunkt und kehrte immer wieder dorthin zurück.«

»Hat er dort weitere Wunder getan?«, fragte Maria.
Das Einhorn nickte. »Das Weinwunder in Kana sprach sich herum. Als er wieder in der Gegend war, bat ihn ein königlicher Beamter, sein Kind zu heilen. Jesus fand dies zuerst anmaßend, doch dann sagte er: Geh nach Hause. Dein Sohn lebt. Das war sein zweites Wunder. In Kapernaum waren Truppen stationiert, weil es ein Grenzort war. Die Soldaten waren keine Juden, doch ihrem Hauptmann

gefiel diese Religion und er unterstützte die Gemeinde beim Bau einer Synagoge. Näheren Kontakt hatte er wegen der Reinheitsvorschriften nicht. Als sein Knecht schwer erkrankte, wandte sich der Hauptmann an die jüdische Gemeinde. Er hatte von Jesu Wundertaten gehört. Die Ältesten sprachen mit Jesus und er begleitete sie bis zur Unterkunft der Soldaten. Der Hauptmann trat zu ihnen und wollte nicht, dass er den Kranken persönlich aufsuchte. Er kannte die Vorschriften und war überzeugt von Jesu göttlicher Vollmacht. Er sagte, es genüge ein Wort, und begründete dies mit dem Gehorsam in der Truppe. Er gehorche seinen Vorgesetzten und seine Untergebenen ihm. Dieser Glaube eines Nichtjuden hat Jesus imponiert. Der Knecht wurde sofort gesund.«

»Stimmt es, dass Jesus dort auch Tote erweckte?«, fragte Maria.

»Du meinst die Tochter des Synagogenvorstehers Jairus«, antwortete das Einhorn. »Während einer Rede vor einer Menge Zuhörer bat dieser Jesus, ihn sofort zu begleiten, da sein Kind im Sterben liege. Durch eine kranke Frau wurden sie aufgehalten. Als sie dann zu dem betreffenden Haus kamen, war das Mädchen gestorben. Jesus bahnte sich seinen Weg durch das Getümmel der Klagenden und sagte, das Kind schlafe nur. Sie lachten ihn aus. Er ging mit den Eltern in das Zimmer der Tochter, ergriff ihre Hand und sagte: Mädchen, steh auf. Das Kind erhob sich und war gesund. Natürlich waren alle froh und fassungslos. Jesus verließ das Haus mit den Worten, man möge ihr etwas zu essen geben.«

»Darüber sprach man auch in Nazareth«, erzählte Maria. »Als er uns einmal wieder besuchte ging er am Sabbat wie üblich in die Synagoge. Alle erwarteten gespannt ein Wunder, doch er sagte, noch nie sei ein Prophet in seinem Heimatort anerkannt worden und brachte dazu einige Beispiele.

Da wurden seine Zuhörer zornig, drängten ihn hinaus und wollten ihn einen Abhang hinunterstoßen. Furchtlos ging Jesus durch die Menge und verließ den Ort.«

»Er wusste, dass ich bei ihm war«, antwortete das Einhorn. »Ich ging unsichtbar vor ihm her und bewegte meinen Kopf. Wenn ich jemanden mit meinem Horn traf, sprang der erschrocken zurück und die daneben gleich mit. Hätte jemand Jesus angefasst, hätte ich kräftig zugestoßen.«

»Tat er in Kapernaum tatsächlich so viele Wunder wie man sich erzählte?«, fragte Maria.

»In Kapernaum heilte er viele Kranke«, bestätigte das Einhorn. »Einmal deckten die Freunde eines Gelähmten sogar das Dach auf, weil die Menschenmenge vor und im Haus sie nicht durchließ. Bald konnte Jesus sich nirgendwo mehr sehen lassen, ohne dass er von Kranken umringt wurde, obwohl er den Geheilten meist verbot, darüber zu sprechen. Es waren aber nicht alle Menschen dort seine Freunde. So hielt er seine Gerichtsreden auch in Kapernaum und drohte ihnen mit der Hölle.«

»Glauben die Menschen noch, dass es die Hölle gibt oder existiert sie vielleicht gar nicht mehr? Ist sie nicht zeitlich?«, war Maria interessiert.

»Solange Satan auf der Erde sein Unwesen treiben darf, gibt es natürlich auch sein Reich, egal, ob jemand daran glaubt«, ging das Einhorn darauf ein. »Ob die Hölle ewig besteht, kann ich dir nicht sagen. Vielleicht wird sie endgültig vernichtet, wenn Himmel und Erde neu geschaffen werden. Das gehört zum Geheimnis Gottes. Zur Zeit macht Luzifer noch kräftig Werbung.«

»Du meinst, er redet sie den Menschen schön?«, wunderte sich Maria.

»Das muss er gar nicht«, erwiderte das Einhorn. »Die meisten Menschen glauben weder an den Himmel noch die Hölle. Jesus sprach davon, das Himmelreich sei bereits unter seinen Zuhörern, doch er versprach kein Ende der Leiden, sondern eher eine Zunahme. Das passt irgendwie nicht zusammen, jedenfalls haben es nicht alle verstanden. In Bezug auf Krankheiten wies er nur darauf hin, dass sie keine Strafe Gottes für Fehlverhalten sind.«

»Natürlich nicht. Krankheiten haben viele Ursachen und Ärzte können nicht immer helfen«, bestätigte Maria. »Das sollte aber keinen Menschen hindern, sich dem Himmelreich zuzuwenden.«

»Das ist richtig. Luzifer nutzt es aber aus«, fuhr das Einhorn fort. »Es gibt sehr viele Menschen, denen Gott auf jeden Fall in irgend einer Weise helfen könnte, wenn sie sich an ihn wenden würden. Doch Satan sagt ihnen, nur der Tod gebe ihnen ewigen Frieden. So scheiden viele aus den kleinsten Anlässen freiwillig aus dem Leben. Alte und Schwerstkranke vertrauen ebenfalls darauf und kämpfen mit allen Mitteln dafür, dass den Ärzten erlaubt wird, ihr Leben und damit ihre Leiden zu beenden. Ärzte tun leider oft das Gegenteil, aber nicht um des Himmelreichs willen.«

»Wie schrecklich. Sie wissen also nichts von Gottes Herrlichkeit und ahnen nicht, was sie erwartet, wenn sie sich nicht auf Gottes Gnade berufen können?« Maria war fassungslos. »Sie haben bis zum letzten Atemzug die Möglichkeit, Jesu Hand zu ergreifen. Wie herrlich könnten sie bei uns leben und völlig gesund sein.«

Einen Moment schwiegen beide. Dann fuhr das Einhorn fort: »In Kapernaum tat Jesus sogar ein Wunder für sich selbst. Er sollte Steuern zahlen. Zuerst begann er eine Diskussion über den Sinn von Steuern, brach sie aber ab und schickte Simon Petrus zum Angeln. Der gefangene Fisch hatte ein Geldstück im Maul, das für die Steuer reichte.«

»Das wundert mich. Er wollte auf keinen Fall als Wundertäter gesehen werden«, warf Maria ein. »Ich habe ihn auch nie dafür gehalten. Er hatte tatsächlich göttliche Fähigkeiten.«

»Das ist wirklich ein Unterschied«, bestätigte das Einhorn. »Wundertäter gab und gibt es nicht nur in allen Religionen, sondern auch sonst in der Welt. Sie nennen sich Magier oder Zauberer und wollen in erster Linie Aufmerksamkeit erregen oder gegen Bezahlung unterhalten. Wenn sie etwas verwandeln, erscheinen lassen oder vielleicht sogar erschaffen, ist das nur eine Illusion. Den Wein, den Jesus machte, konnte man tatsächlich trinken, die Kranken, die er heilte, waren wirklich gesund und seine Steuer hat er bezahlt. Ich nehme nicht an, dass das Geld anschließend wieder aus der Steuerkasse verschwand.« Das Einhorn grinste und Maria begann zu lachen.

»Nein, das glaube ich auch nicht. Er erledigte einfach eine lästige Pflicht auf die für ihn einfachste Weise oder er sah darin ein Gleichnis.«

»Das wird es sein«, antwortete das Einhorn. »Jesus tat nicht nur positive Wunder, sondern richtete manchmal sogar Schaden an. Er ließ z. B. einen Feigenbaum verdorren und zweitausend Schweine im Meer ertrinken, weil er einer Legion Dämonen erlaubte, in sie zu fahren. Er wollte sein Anliegen damit deutlicher zum Ausdruck bringen.«

»Ich habe selbst einiges miterlebt und Gleichnisse gehört. Aber mit ihrer Deutung habe ich Schwierigkeiten.« Maria sah das Einhorn fragend an.

»Jesus wollte den Menschen in Gleichnissen erklären, was für sie seit der Schöpfung ein Geheimnis war. Doch er erkannte, der tiefere Sinn bleibe seinen Zuhörern leider weiterhin verborgen. Das hat sich bis heute wenig geändert«, erklärte das Einhorn. »Die drei Wunder, von denen ich sprach, hat wohl in ihrer Tiefe niemand wirklich verstanden. Mit der Steuerzahlung verwies er auf jeden Fall darauf, dass religiöse Gründe nicht dafür herhalten dürfen, festgesetzte Zahlungen nicht zu leisten. Gebt dem Kaiser, was des Kaisers ist, und Gott, was Gottes ist, sagte er. Beim Feigenbaum sprach er von der Kraft des Glaubens, dass man damit Berge versetzen könne. Hierzu fällt mir die Begebenheit ein, als er über das Wasser des Sees ging und seine Freunde im Boot Angst bekamen. Petrus hatte den Mut, auszusteigen und Jesu Angebot anzunehmen, zu ihm zu kommen. Tatsächlich konnte auch er auf dem Wasser gehen, solange er fest auf Jesus blickte. Als er sich von Sturm und Wellen ablenken ließ, sank er. Jesus reichte ihm seine Hand und tadelte seinen Kleinglauben. Bei dem Ereignis mit den Schweinen ging es um die göttliche Macht über die Dämonen. Er hatte sie aus Besessenen vertrieben. Warum deshalb so viele Schweine den Tod fanden, kann ich dir nicht erklären. Sie hatten für ihre Eigentümer einen großen Wert, der nun verloren war. Vielleicht wollte er den Wert eines Menschen in jeder Situation über den Wert von Tieren stellen. Die Geheilten schickte er nach Hause. Sie sollten das Erlebte in der heidnischen Umgebung erzählen.«

»Also das Gegenteil von dem, was er sonst gebot«, warf Maria ein.

»Richtig. In diesem Punkt machte er einen Unterschied zwischen seinem Volk und den Heiden. Sie sollten neugierig werden auf seine göttliche Kraft, vielleicht auch erkennen, dass ihre Götter machtlos sind. Die Bedeutung seiner Geschichten und Wunder lag immer in einem Hinweis auf göttliches Handeln, oft aber auch im Zahlenwert. Gottes

Schöpfung, an der Jesus genau wie der Geist der Weisheit beteiligt war, beruht auf Zahlen. Die Menschen nennen die Drei häufig eine Glückszahl, denn sie leben in der dritten Dimension. Trotzdem haben sie Probleme mit der Dreieinigkeit.«

»Im Anfang gab es also drei Personen, die den Grundstein für die Welt legten«, erkannte Maria und das Einhorn stimmte zu. »So kannst du es sehen, aber die Drei ist eine Einheit. Darin liegt wohl das Verständnisproblem. Gott, Sohn und Geist sind eins, auch wenn sie getrennt in Erscheinung treten. Das ist keine himmlische Besonderheit, sondern in jedem Menschen angelegt: Körper, Seele, Geist. Grundlage der gesamten Schöpfung ist die Mathematik. Menschen, die dies erkannten und versuchen, es ins allgemeine Leben zu übertragen, erfanden inzwischen den Rechner, der die Welt zur Zeit revolutioniert. Doch auch Zahlen kann man missbrauchen und das rief Luzifer wieder auf den Plan.«

»Ich habe mich nie für Zahlen interessiert«, musste Maria zugeben. »Erkläre mir mal die Gleichnisse meines Sohnes, in denen sie eine Rolle spielen.«

»Du kennst seinen Freundeskreis«, begann das Einhorn seine Ausführungen. »Bei der Berufung ging es darum, je einen Mann für die zwölf Stämme Israels, der Söhne Jakobs, zu wählen. Zwölf gilt als Vollzahl des Volkes. Als Bestätigung, dass die gesamte Menschheit in den neuen Bund Gottes eingeschlossen ist, gehörten auch sieben Frauen zu diesem engsten Kreis. Sieben ist die Vollzahl der Schöpfung. Seit Beginn der Welt sind die Lebensspenderinnen eingebunden ins Schöpfungsgeheimnis.«

»Den siebten Tag erklärte Gott nach Abschluss seines Werkes als Feiertag«, merkte Maria an.

»Richtig. Der Ruhetag stand am Anfang des menschlichen Lebens bei Gott im Paradies«, bestätigte das Einhorn. »So hatten sie Gelegenheit, alles in Ruhe kennen zu lernen für die ihnen zugedachte Aufgabe. Um sich mit allen Anforderungen nicht völlig zu verausgaben, braucht der Mensch alle sieben Tage eine Ruhezeit als Vorbereitung auf den Alltag. Alles muss im Gleichgewicht sein, um zu funktionieren. Die heilige Dreiheit für die Welt begann mit dem Einen Schöpfergott und einem Menschenpaar, also mit der Zwei. Daraus ergab sich die Polarität, das Gegenüber der unsichtbaren und sichtbaren Welt, Licht und Finsternis, Tag und Nacht, weiblich und männlich, der Bund zwischen Gott und Mensch.

Durch die Gleichnisse wollte Jesus das unsichtbare Reich Gottes in der sichtbaren Welt verständlich machen. Er hatte dabei alles im Blick: Menschen in ihren Beziehungen zueinander, Berufstätige ebenso wie Hausfrauen, Tiere und Geld. Egal, was verloren geht, wenn es wichtig genug ist, dass man es sucht, ist die Freude, wenn man es findet, so groß, dass man es veröffentlicht.

Die drei Gleichnisse vom verlorenen Schaf, Groschen und Sohn ergeben außerdem erschreckende Erkenntnisse. Zuerst suchte Jesus nach den verlorenen Schafen seines Volkes. 99 % fühlten sich als Auserwählte Gottes gut versorgt auf ihrer religiösen Weide und lehnten ihn ab. Nach einiger Zeit erkannten schon zehn Prozent, dass ihnen etwas fehlt. Schließlich erreichte seine frohe Botschaft im Gleichnis von den beiden Brüdern die Herzen der Hälfte der Menschheit, doch nicht die der Frommen. Für sie steht ihre eigene Leistung im Vordergrund, weshalb sie sich ungerecht behandelt fühlen. Auch im Gleichnis von den zehn Jungfrauen durften nur fünf an der Hochzeit teilnehmen. Die fünf anderen hatten das Öl für ihre Lampen vergessen.

Fünfzig Prozent der Menschen schließen sich durch ihre Nachlässigkeit selbst aus vom himmlischen Hochzeitsfest. Als die beiden Brüder kann man auch Israel und den Rest der Welt einsetzen. Israel gefällt sich in der Rolle des Sohnes, der das Vaterhaus nie verließ. Der Vater aber freut sich mehr über den reumütig und um Gnade bittenden verloren geglaubten Sohn. Er vergibt ihm sein Fehlverhalten, kleidet ihn königlich und feiert ihm zu Ehren ein Fest.

Hierzu passt auch die Heilung der zehn Aussätzigen. Es ist zwar eine wahre Begebenheit, enthält aber durch die Zahlen eine Warnung. Das Aufsuchen der Priester war eine religiöse Pflicht. Jesus erwartete Glauben. Nur einer erkannte es und kam zurück. Hier zeigt sich der Einfluss der Religion. Nur zehn Prozent aller Menschen vertrauen ihrem Glauben, neunzig Prozent halten Religion für ausreichend.

Die beiden Geschichten über die Brotvermehrung werden oft als eine gesehen, die wegen der Wichtigkeit des Teilens angeblich mehrmals aufgeschrieben wurde. Es haben aber beide stattgefunden. Ich war dabei. Einmal waren es fünftausend, dann viertausend Männer, die satt wurden, dazu Frauen und Kinder. Die Jünger mussten jeweils die Reste einsammeln, waren aber selbst um nichts verständiger geworden, wie Jesus durch Rückfrage feststellte: Als ich die fünf Brote brach unter die fünftausend, wie viel Brocken hobt ihr auf? Sie antworteten: zwölf. Er fragte weiter: Und die sieben unter die viertausend? Sie sprachen: sieben. Jesus war traurig, als er danach sagte: Begreift ihr denn nicht? Er meinte die Zahlensymbolik.

Mit den fünf Broten wollte er alle fünf Sinne ansprechen und mit den zwei Fischen alle Frauen in die Gemeinschaft einschließen. Jeder wusste, dass Eva als zweite erschaffen wurde. Deshalb gilt die Zwei als weiblich. Dies ist wohl der Grund dafür, dass Frauen in weiten Teilen der Welt nur zweitrangig sind hinter dem Mann. So hat Gott es nicht gemeint. Er als einziger Gott steht über allem, direkt darunter der Mensch als Paar. Eine weitere Rangordnung gibt es nicht. Die Menschen sind gleichwertige Partner. Die unteilbare Fünf ist die Zahl der Liebe, durch die Gott den Frieden in die Welt bringen möchte, deren Zahl die Vier ist. In die Vielheit erhoben bedeuten sie, alle Menschen, die auf Erden leben oder lebten, sind eingeschlossen in Gottes Liebe. Zwölf Körbe mit Resten verweisen auf die zwölf Stämme des Volkes Israel, denen Gottes Liebe zuerst verkündet werden musste. Sieben ist die unteilbare heilige Vollzahl, die hier dreimal wiederholt wird: 5 + 2 und 7 Brote, 7 Körbe, also gleichzeitig Hinweis auf die Dreifaltigkeit. Außerdem ergibt das Zahlenverhältnis: Weniger Menschen erhielten mehr Brot und es blieben weniger Reste. Je weniger jemand einer Religion zugewandt ist, desto mehr vermag er von der göttlichen Wahrheit aufzunehmen.«

»Da wäre ich selbst nicht drauf gekommen«, musste Maria zugeben. »Es wundert mich nicht, dass auch Jesu Freunde es nicht begriffen. Weitere Gleichnisse brauchst du mir nicht zu erklären. Mich würde aber interessieren: Spielten Zahlen auch in seinem persönlichen Leben eine Rolle?«

»Selbstverständlich.« Das Einhorn nickte nachdrücklich dazu. »Schon dass er der dreizehnte Mann seiner Gruppe war, deutete einen neuen Zeitbeginn an. Besonders deutlich erscheinen Zahlen an seinem Lebensende. Er war neununddreißig Stunden im Totenreich und blieb danach noch neununddreißig Tage auf der Erde, also jeweils drei mal dreizehn, Neubeginn des Lebens für die ihn erkennenden Gotteskinder aus seinem Volk und aus allen Völkern der Erde. Der erste Tag der Woche ist ebenso ein Anfang. Christen haben deshalb den Sabbat durch den Auferstehungstag ersetzt.«

»Es sollte der Tag des Herrn sein, nicht wahr?«, warf Maria ein.

»Ja«, bestätigte das Einhorn. »Inzwischen heißt er nur noch Sonntag. Sein Sinn ist weitgehend vergessen. Seinen irdischen Aufenthalt beendete Jesus am See Genezareth oder Tiberias, dem See der sieben Quellen, also am Ort des vollkommenen Anfangs. Es war das dritte Mal, dass er sich offenbarte. Hier hatte er seine Aufgabe mit einem Fischfang begonnen. Hier beendete er ihn genau so. Diesmal waren die Fische sehr groß und wurden gezählt. Es waren 153. Die Zahl ergibt sich aus (12 x 12) + (3 x 3) und bedeutet absolute Vollkommenheit. Jesu irdische Aufgabe war erfüllt.«

Das Einhorn schwieg. Maria sah versonnen in die Ferne. Am Horizont glänzte und funkelte ein Lichtband und bewegte sich passend zu der sanften Musik, die die Luft erfüllte. Eine sprudelnde Quelle schickte ihr Wasser von einer Anhöhe ins Tal.

»Mir fiel auf, dass er sich an viele Gesetze, in denen er erzogen wurde, nicht hielt«, sagte sie dann. »Er wusste, was falsch oder richtig war. Für die Menschen ist es sehr viel schwieriger, richtig und falsch auseinander zu halten. Die Vorschriften sind nicht weniger geworden, sich außerdem noch mit Zahlen und Symbolen zu befassen, erscheint mir keine Erleichterung zu sein.«

»Jeder Mensch hat andere Fähigkeiten. Nicht jeder muss sich mit allem beschäftigen und es verstehen«, antwortete das Einhorn. »Die Menschen wollen durch ihre eigenen Werke mit Religion gerecht werden. Das gilt vor Gott nicht. Jesus war kein Religionslehrer. Er war der von den Propheten angekündigte Stein des Anstoßes oder Eckstein des neuen Tempels, der nicht mit Steinen gebaut ist, sondern aus den auserwählten Seelen. Er fordert Glauben an seine

Liebe und Gnade. Gesetze braucht man nicht, wenn jeder zuerst an seinen Nächsten denkt und aus Liebe handelt.«

»Ich habe den Unterschied zwischen Religion und der Lehre meines ältesten Sohnes lange nicht verstanden«, gab Maria zu. »So geht es wohl den meisten Menschen. Jesus war ein ganz normales Kind, ausgenommen seine Zeugung. Ich habe ihn geliebt wie alle meine Kinder. Die Liebe Gottes wird wahrscheinlich mit diesem Gefühl verwechselt, das unmöglich jeder in gleicher Weise haben kann. Ich hörte von Anfang an seltsame Segenssprüche für ihn und habe mir meine Gedanken dazu gemacht. Deshalb erkannte ich früh, dass er nicht besonders fromm sein wollte, sondern einen Auftrag hatte. Es gibt einen großen Unterschied zwischen Gott und Mensch. Mein Sohn war beides. Seine Aufgabe konnte er nur als Mensch erfüllen. Danach war er wieder Gott.«

»Das ist richtig«, stimmte ihr das Einhorn zu. »Was das wirklich bedeutet, ist nicht leicht zu verstehen. Die Menschen greifen deshalb gern auf alte Religionen zurück, die Götter erfanden, die mit Menschen Kinder zeugten, damit sich die Menschen ihnen näher fühlten. Aber genau das ist es nicht. Gott ist Geist und steht weit über den Menschen, will aber in ihnen wohnen. Er ist die Liebe, doch kein Gefühl.«

»Wie sind die Menschen auf die Vermischung gekommen?«, fragte Maria. »Für mich war es unvorstellbar bis ich es erlebte. Schon der Gedanke wäre gotteslästerlich gewesen. Deshalb war ich über die Botschaft des Engels so erschrocken. Gott habe ich nicht gesehen. Er war nicht persönlich bei mir. Es geschah durch den Heiligen Geist. Der spielt vermutlich in der Religion keine Rolle.«

Das Einhorn überlegte einen Moment und antwortete: »Gott schuf Himmel und Erde, also zuerst die unsichtbare Welt und danach etwas Sichtbares und Zeitgebundenes. Die Geschöpfe auf der Erde sind frei und unabhängig, doch ihr Leben ist begrenzt. Deshalb gab Gott den Menschen die Möglichkeit und den Auftrag, sich selbst zu vermehren, und außerdem volle Entscheidungsfreiheit. Die Geistwesen sind immer noch dieselben wie am Anfang und seine Helfer und Berater. Nur der Engelfürst Luzifer wurde nach einem Streit im Himmel ausgestoßen und verunsichert seitdem als Gegner Gottes die Menschen. Einige Engel sind ihm gefolgt. Davon verliebten sich einzelne in Menschenmädchen und zeugten mit ihnen Kinder.«

»Ich dachte, himmlische Wesen sind geschlechtslos«, wunderte sich Maria.

»Das sind sie inzwischen auch«, stimmte ihr das Einhorn zu. »Sich im Himmel zu vermehren, gibt es keinen Grund und die Vermischung mit den Menschen führte zu nichts Gutem. Dazu trug natürlich die Anwesenheit seines Gegners bei. Er wollte seinen eigenen Staat auf der Erde als Gegenpol zum Gottesstaat im Himmel.«

»Das konnte ja nur in einer Katastrophe enden«, erkannte Maria.

»So war es auch«, bestätigte das Einhorn. »Gott begann mit dem Erdenleben noch einmal von vorn.«

»Meinst du die Sintflut?« Maria erinnerte sich, die alte Geschichte als Kind gehört zu haben.

»Ja, damit wurden auch die Mensch gewordenen Engel und ihre Nachkommen ausgelöscht. Nur die Geistwesen, die sich nicht mit Menschen verbanden, treiben weiterhin mit Luzifer ihr Unwesen auf der Erde.« Das Einhorn hielt inne.

»Wird es noch einmal eine Flut geben, um alles Böse auszurotten?«, fragte Maria.

»Nein, Gott hat versprochen, nicht noch einmal in die Natur einzugreifen. Er kann sich selbst nicht untreu werden«, war das Einhorn sicher. »Naturkatastrophen gab und gibt es trotzdem immer wieder und den Einfluss der Menschen verhindert Gott nicht. König Salomo, Sohn und Nachfolger Davids, sagte einmal: Es geschieht nichts Neues unter der Sonne. Es ist alles schon dagewesen. Er hatte auch in diesem Punkt Recht. Nach der Sintflut schuf Gott nichts Neues, obwohl er wusste, dass sich die Menschen nicht ändern werden.«

»Aber du sprachst doch davon, wie sehr sich die Welt verändert hat. Die Menschen haben vieles erfunden, was zu meiner Zeit nicht einmal denkbar gewesen wäre«, bemerkte Maria.

»Je mehr die Menschen entdecken und erfinden, umso weiter entfernen sie sich vom Ursprung«, erklärte das Einhorn. »Etwas Neues können sie nicht schaffen. Sie sind darauf angewiesen, Vorhandenes zu nutzen. Alles Sichtbare ist vergänglich und veränderbar. Das Unsichtbare ist ewig, für die Menschen aber nur bedingt verfügbar. Das Lebenswichtige gab es immer und wird es geben bis alles vergeht und Gott etwas Neues schafft.«

»Wann wird das sein?«, war Maria interessiert.

»Wenn die Zeit erfüllt ist, wird Gott die Spreu vom Weizen trennen und alles neu machen. Wie und wann das sein wird, ist sein Geheimnis. Auch Jesus kennt die Zeit nicht. Die Menschen scheinen es darauf anzulegen, dass es bald geschieht. Ihr Blick ist durch Geld- und Machtgier verschleiert. Ihre Produkte veralten immer schneller und werden auf Kosten der Umwelt ersetzt. Statt sich den Gegebenheiten anzupassen, vertrauen sie darauf, dass ihnen rechtzeitig eine Lösung einfällt, wenn die jetzt genutzten Rohstoffe aufgebraucht sind. Klarsichtige Denker werden ignoriert.«

»Das verstehe ich nicht. Die Menschen sind doch nicht dumm«, warf Maria ein.

»In gewisser Hinsicht wohl doch«, antwortete das Einhorn »Die Hauptschuld daran trägt natürlich Luzifer, doch Gott hatte von Anfang an einen Plan für den Kampf gegen seinen Widersacher. Er verbannte Adam und Eva aus seiner unmittelbaren Gegenwart, weil sie sich vom als Schlange getarnten Luzifer überlisten ließen. Doch er versprach Eva, aus ihrem Samen werde der kommen, der die Schlange besiege.«

»Meinst du meinen Sohn?«, fragte Maria erstaunt. »Solange vorher hat er dessen Geburt geplant?«

»Ja, für Gott gibt es keine Zeit. Er schuf sie für die Menschen. Wir befinden uns hier und jetzt in der Ewigkeit. Was Zeit bedeutet, ist dir bekannt, weil du als Mensch lebtest, und ich weiss es von meinen häufigen Besuchen auf der Erde. Durch Jesus hat auch Gott diese Erfahrung gemacht. An den Anfang des Menschenlebens stellte er den Ruhetag. Daraus sollten sie ihre Würde und Identität beziehen in Verbindung mit ihm. Auch Jesus ruhte nach der Erfüllung seines Auftrags im Grab und verließ es am ersten Tag der Woche. Damit hob er den Ruhetag nicht auf. Seine Rückkehr in die Ewigkeit war für ihn nichts Neues, da es ihn schon vor seiner Geburt gab. Den Menschen öffnete er damit das Tor zur Ewigkeit.«

Das Einhorn schwieg.

»Warum die Menschen Religionen erfanden, verstehe ich trotzdem nicht«, kam Maria auf ihre ursprüngliche Frage zurück. »Könnte es sein, dass die Überlebenden der großen Flut in ihren Erinnerungen die Verbindung zu Gott suchten und verschiedene Wege gingen? Deshalb zeigte Gott ihnen ganz direkt den richtigen und einzigen Weg, aber wohl erfolglos.«

»Ja, Gott will seine Schöpfung auf jeden Fall retten«, bestätigte das Einhorn. »Jesus wünscht sich eine Gemeinde der von ihm geheiligten Gotteskinder schon auf der Erde, aber keine Religion.«

Maria sah das Einhorn an. »Du kennst die himmlische Herrlichkeit und die Wahrheit. Ich weiss aus eigenem Erleben auf der Erde, dass der Menschheit jedes Wissen um den richtigen Weg fehlt. Die Propheten waren nicht in der Lage, sie zu Gott zu führen. Ein Mensch kann niemals Gott sein, Gott aber Mensch. Das ist er für sie in meinem Sohn geworden. Warum können sie es nicht glauben?«

»Weil es neben der Wahrheit auch die Lüge gibt«, antwortete das Einhorn. »Die Schwierigkeit liegt darin, eines vom andern zu unterscheiden. Das ist nur möglich, wenn der Glaube als feste Zuversicht in der Seele verwurzelt ist. Nur wer sich traut, Gott voll und ganz zu vertrauen, erhält das Glaubensgeschenk.«

»Wir sprachen von Heiligkeit«, kam Maria auf das vorherige Thema zurück. »Mich ehrt, dass ich die Auserwählte war, doch es macht mich traurig, dass meine Person dazu beigetragen hat, aus Gottes Liebesaktion eine Religion zu machen. Jesus hat klar und deutlich gesagt: Ich bin der Weg, die Wahrheit und das Leben und hat ihnen den Heiligen Geist gegeben, damit sie den Vater in der Wahrheit anbeten können. Dafür hat er gelitten und wurde grausam hingerichtet. Meine Aufgabe war mit der Mutterschaft erfüllt. Mich anzubeten, mir Fürbitten vorzutragen und Dankopfer darzubringen, wie du vorhin erzähltest, ist nichts anderes als Götzendienst. Der war von Anfang an verboten und hat

in meinem Volk immer wieder zu schlimmen Folgen geführt. Nun fühle ich mich von der Kirche missbraucht, die behauptet, die Lehre meines Sohnes zu verkünden.«
Sie wandte sich ab und schlug die Hände vors Gesicht.

Das Einhorn legte seinen Kopf in ihren Schoß. »Sei nicht traurig, Maria. Menschen waren und sind verführbar und Männer meist machtbesessen. Sie sind neidisch auf die Gebärfähigkeit der Frauen. Deshalb haben sie in allen Zeiten versucht, dies als minderwertig abzustempeln, um sich selbst aufzuwerten. Jesus war ein Mann. Als Frau hätte er wenig ausrichten können. Kein Mann hätte ihr zugehört. Ihr Opfer wäre nutzlos gewesen.«

»Da wirst du Recht haben, aber es erklärt nicht, weshalb man mich nach meinem irdischen Tod gewissermaßen in die Götterrolle gesteckt hat«, antwortete Maria ärgerlich. »Ich bin eine Frau.«

»Das war für die machtgierigen Männer unumgänglich.« Das Einhorn hob den Kopf. »Jesus war als Mensch ein richtiger Mann, hatte aber weder Frau noch Kinder. Es gab viele Frauen, die ihn gern geheiratet hätten, doch Geschlechtlichkeit dient der Weitergabe des Lebens. Sie sagt nichts aus über den Wert des Lebewesens. Deshalb hat Jesus Frauen nie anders behandelt als seine männlichen Begleiter. Sie waren für ihn gleichberechtigte Menschen. Das aber wollten spätere Generationen nicht wahrhaben. Sie gingen davon aus, die Frau sei für den Mann erschaffen worden, ihm also unterstellt. Jesus hat sie eher bevorzugt.«

»Wieso bevorzugt?«, fragte Maria verwundert. »Sie dienten ihm.«

»Bevorzugt ist vielleicht das falsche Wort«, antwortete das Einhorn. »Mir fiel gerade die Frau am Jakobsbrunnen ein. Mit den Bewohnern Samarias wurden Kontakte möglichst vermieden, mit den Frauen auf jeden Fall. Jesus zog mit seinen Begleitern bewusst durch Samaria, schickte sie ins Dorf, um etwas zu essen einzukaufen, und wartete am Brunnen. Die Frau war in ihrer Umgebung wegen ihres Lebenswandels nicht besonders gut angesehen und wollte niemandem begegnen, als sie in der Mittagshitze zum Wasserholen ging. Da saß Jesus und sprach sie an. Für die erschreckte Frau stellte Jesus die Welt auf den Kopf. Die verachtete Ausländerin wurde von einem jüdischen Rabbi ernst genommen! Hast du dir diese Szene mal vorgestellt?«

Maria schüttelte den Kopf. »Ich kenne die Geschichte überhaupt nicht.«

»Nun, ich war dabei«, fuhr das Einhorn fort. »Jesus hat sich immer nach unten orientiert. Sie war die erste Person, der er sich als der Gesalbte Gottes offenbarte. Für ihn war der Niedrigste der Höchste im Reich Gottes. Deshalb forderte er, Kinder besonders zu schützen, solange sie noch vertrauen können, und stellte sie allen als Vorbild hin. Hätte er selbst Kinder gezeugt, wäre allerdings alles viel komplizierter geworden und letztlich gescheitert.«

»Das verstehe ich.« Maria sah das Einhorn an und nickte. »Hätte er Kinder hinterlassen, als er heimkehrte in die unsichtbare Welt, wäre es ähnlich geworden wie vor der Sintflut. Jesus hätte seinen Auftrag nicht erfüllen können, sondern hätte tatsächlich den Grundstein für eine neue Religion gelegt. Mischwesen zwischen Himmel und Erde darf es nicht geben.«

»Du hast das Prinzip der Religion verstanden«, bestätigte das Einhorn. »Hätte Jesus ein Kind hinterlassen, wäre es zum Gott auf Erden ernannt worden. Dass für Jesus Frauen und Kinder so wertvoll sind wie Männer, konnten seine Nachfolger nicht leugnen, doch er hat keine Frau ausdrücklich zur Apostelin berufen. Sein Auftrag galt allen. Das bezweifelten die Männer späterer Generationen. Für sie waren Gott und Jesus Männer, also dürfen auch Priester und Würdenträger seiner Kirche nur Männer sein.«

»Was für ein Unsinn«, warf Maria ein. »In der Anfangszeit nach Jesu Tod gab es ebenso Frauen wie Männer, die Gemeinden leiteten. Niemand bezweifelte, dass Jesus es so wollte.«

»Das stimmt, aber du wolltest wissen, weshalb man dir eine Sonderrolle in der Kirche gab«, fuhr das Einhorn fort. »Wie ich schon sagte, das war unumgänglich. Die Männer mussten versuchen, ihre Alleinherrschaft in der Kirche nach außen mit Gottes Willen in Einklang zu bringen. Deshalb erklärten sie die Frauenrolle als durch dich geheiligt und im Himmel besonders hervorgehoben. Sie erfanden die heilige Familie, in der Männer als Vertreter Gottes auch auf Erden das Sagen haben und Frauen in Ehrfurcht vor dir als Himmelskönigin in Demut ihre Kinder aufziehen. Deshalb ernannte man dich trotz deiner Mutterschaft zur ewigen heiligen Jungfrau, was bei genauer Betrachtung absolut keinen Sinn ergibt.«

Maria schob das Einhorn sanft zur Seite und stand auf. »Das kann ich mir nicht länger anhören. Jungfrau war ich vor der Geburt Jesu, danach war ich Josefs Frau. Von Heiligkeit habe ich auf der Erde nichts bemerkt. Einem Mann untergeordnet habe ich mich nicht. Josef hat das nicht erwartet, Jesus sowieso nicht. Ich bin bisher davon ausgegangen, es sei eine Selbstverständlichkeit für Christen, dass Männer und Frauen gleichberechtigte Partner sind. Jede und jeder hat verschiedene Gaben von Gott und darf unabhängig vom Geschlecht die eigenen Fähigkeiten nutzen.«

»Reg dich nicht auf«, beschwichtigte das Einhorn. »Es hat mich auch gewundert, als ich es auf der Erde erfuhr; aber die Kirche tut ebenso den Männern Gewalt an, die ihr als Priester dienen. Da Jesus nicht verheiratet war, folgern sie daraus, Priester dürften sich nicht mit einer Frau beflecken. Seit der Reformation hat sich das in verschiedenen Kirchen geändert. Auch Frauen dürfen geistliche Ämter bekleiden.«

»Beflecken?« Das verstand Maria absolut nicht. »Die Ehe ist von Gott gewollt und geheiligt.«

»Richtig.« Das Einhorn erhob sich jetzt ebenfalls. »Jesus hat einmal gesagt, es gäbe persönliche Gründe, ledig zu bleiben, das könne im Einzelfall auch der Ehre Gottes dienen. Der Apostel Paulus hat es wohl so gesehen.«

»Die meisten Apostel waren verheiratet und ließen ihre Familien zurück, wenn sie in andere Gemeinden gingen, oder sie nahmen ihre Frauen mit, wenn sie noch keine oder schon erwachsene Kinder hatten«, erläuterte Maria. »Paulus hat das nicht verurteilt, sondern gesagt, er habe dieses Recht auch, doch aus persönlichen Gründen zog er es vor, ledig zu bleiben. Es war für die mitgehenden Frauen nicht leicht ohne ein geregeltes Familienleben. Deshalb habe ich Paulus verstanden, die Kirche offensichtlich nicht; denn jetzt sind die Priester doch ortsgebunden.«

»Lass uns mit diesem Unsinn aufhören.« Das Einhorn ging weiter. »Mit mir treiben sie ebenfalls allerlei Unfug. Sie glauben zwar nicht an mich, möchten aber etwas von mir oder mit meinem Abbild besitzen. Für manche bin auch ich etwas Heiliges. Inzwischen kann ich darüber lachen.«

»Das ist etwas anderes.« Maria berührte mit ihrer Hand das neben ihr gehende Tier. »Du warst und bist für die

Menschen ein Fabeltier und beschäftigst ihre Fantasie. Ich lebte unter ihnen, bin gestorben und wurde begraben wie alle Menschen. Natürlich wurde meine Seele in den Himmel aufgenommen wie die Seelen aller, die Gottes Liebe und Gnade für sich annehmen. In Gottes Gegenwart sind wir alle heilig.«

»Du kannst die Menschen nicht ändern.« Das Einhorn blieb stehen. »Es ist alles richtig in den Büchern festgehalten und die meisten können lesen. Wenn man etwas nicht verstehen will, kann selbst Gott nichts machen. Die Menschen sind frei entscheidende Wesen. Die Berichte über Jesus und die Frauen sind etwas zu kurz geraten. Es waren eben Männer, die sie aufschrieben. Doch wer die Wahrheit ernsthaft wissen will, kann sie jederzeit nachlesen und verstehen. Bücher sind nicht mehr so selten wie zu deiner Zeit. Viele Christen haben tatsächlich den Mut, Religionslehren zu widersprechen. Erstaunlicherweise findet man echte Zuwendung zu deinem Sohn und unserem Gott vor allem dort, wo Christen verfolgt werden. Es ist fast unglaublich. Sie vertrauen der ewigen Wahrheit trotz der falschen Vorbilder wie die ersten Christen. Wenn sie nach ihrem Martyrium hier ankommen, lobsingen und preisen sie sofort voller Glück Gott.«

Maria nickte. »Es sind die Jubelchöre vor dem Thron Gottes, die immer größer werden. Du verstehst es, mich zu trösten. Das hast du schon damals getan, als ich zu Elisabeth reiste. Ich war voller Zweifel über den rechten Weg und mein Schicksal.«

»Du warst Jungfrau und von Gott schwanger. Du durftest nicht in Gefahr geraten, solange das göttliche Kind dich brauchte. Ich sollte dich beschützen. Danach war es meine Aufgabe, Jesu Lebensweg auf der Erde zu begleiten.

Komm, lass uns das ewige Leben in dieser Herrlichkeit genießen.« Das Einhorn machte einen Luftsprung.

Maria lächelte. »Du hast deinen Auftrag sehr ernst genommen. Wir waren anfänglich in großen Schwierigkeiten bis wir in Nazareth endlich in geordneten Familienverhältnissen leben konnten.«

UNBEKANNTE URFORMEL

Grundlage der Welt ist Mathematik.
Doch zeigt sie nicht den Weg zurück
zum Anfang, als das All entstand,
die Himmelswelt, das Meer, das Land.

Der Weltenplaner ist als Geist
schwebend über das Chaos gereist,
und als die Urflut brodelnd spritzt,
hatte er einen Gedankenblitz.

Die Urformel, die er daraufhin fand,
hat er sogleich angewandt.
Himmel und Erde, die ganze Welt,
sie zusammen und in Bewegung hält,

ein präzises Uhrwerk in groß und klein.
Perfekter könnte es nicht sein.
Doch alles wirkte zu steril.
Das war nicht des Schöpfers Ziel.

Er selbst braucht einen Gegenpol
ihm ähnlich, und - er weiss es wohl -
es wird ein Durcheinander geben,
wenn ein Stern ist erfüllt mit Leben.

Doch er wagt das Experiment,
von dem er schon das Ende kennt.
So schlingert unser Erdenball
dem Ende zu mitsamt dem All.

Inzwischen hat der Menschen Geist
erfunden, wie man ins Weltall reist,
leider nicht schneller als das Licht.
Drum findet man Anfang und Ende nicht.

»Du erinnerst dich an dein ganzes irdisches Leben?«, fragte das Einhorn.

»Ich denke schon. Wenn es dich interessiert, können wir gern über Einzelheiten sprechen.«

Maria lächelte. Das Einhorn nickte.

»Ich wuchs in einer gläubigen jüdischen Familie auf und lernte wie jedes Kind in der Pflichtschule lesen und schreiben. Außerdem wurde ich in allem unterrichtet, was ein junges Mädchen wissen muss, um eine gute Ehefrau und Mutter zu werden. Dazu gehörten auch die heiligen Schriften, die die Mutter als Erzieherin der Kinder kennen muss. Ich freute mich auf die Zeit mit einer eigenen Familie.«

Vor ihnen funkelte ein Berg aus Diamanten. Daraus entsprang eine Fontäne und feiner Regen besprühte ein Gemüsefeld. Maria blieb stehen. Dann lief sie lachend hindurch. Mit ihren nassen Händen streichelte sie das Einhorn, das stehen geblieben war. »Ist es nicht wunderbar erfrischend?«

Das Einhorn antwortete nicht, sondern ging weiter. Maria fuhr in ihrer Erzählung fort. »Eines Tages brachte mein Vater aus Sepphoris, unserer Hauptstadt, einen Gast mit. Es war ein Baumeister aus Bethlehem. Er stammte aus der Linie des weisen Königs Salomo. Unser Vorfahr war dessen Bruder Nathan, ebenfalls aus der Verbindung des Königs David mit Bathseba. Der junge Mann gefiel mir. Ich war alt genug für eine Verlobung und hoffte, meine Eltern würden ihn mir als Ehemann vorschlagen.«

»Aus dem Geschlecht Davids sollte der Messias, der Gesalbte Gottes, kommen. Das war seit Jahrhunderten vorausgesagt«, merkte das Einhorn an. »König David war von Gott erwählt und ihm der Thron auf ewig versprochen. Für das irdische Reich Israel wurde er ihm zwar genommen, doch gemeint war Gottes Reich.«

»Ich kannte die Messiashoffnung natürlich«, erzählte Maria weiter. »Als ich Josef begegnete, habe ich daran aber nicht gedacht, obwohl mein Vater gleich bei der Vorstellung auf die Abstammung verwies. Es gab sehr viele Menschen, die sich auf König David berufen konnten. Schließlich hatte er mit mehreren Frauen viele Kinder. Warum ausgerechnet er ein Mann nach dem Herzen Gottes war, habe ich nicht verstanden. Er war kein reiner Israelit und seine Ehe mit Bathseba begann mit Ehebruch und Mord.« Maria hielt inne und sah versonnen in die Weite.

»Ich denke, inzwischen hast du es verstanden«, unterbrach das Einhorn die eingetretene Stille. »König David war ein ganz gewöhnlicher Mensch mit allen Schwächen, aber er war sich der Anwesenheit Gottes bewusst. Als er seine Schuld erkannte, bereute er sie und bat um Gottes Gnade. Sein Flehen wurde erhört. Sein Stammbaum war aus menschlicher Sicht nicht königlich, doch Gott sieht das anders. Mann oder Frau, Israelit oder aus einem anderen Volk, arm oder reich, jung oder alt, hoch angesehen oder von allen abgelehnt: Jeder darf so wie er ist zu Gott kommen. Deshalb stieg Gott so tief hinab, wie es kein Mensch für möglich gehalten hätte, um alle zu retten. Sein königlicher Stammbaum ist allumfassend.«

Maria nickte. »Ja, ich habe es selbst erfahren. Menschliche Fantasie kann sich Gottes Handeln nicht ausmalen. Bevor es zur Verlobung kam, hatte ich ein seltsames Erlebnis. Ich wusste, dass es Engel gibt, hätte aber nie erwartet, einem zu begegnen. Es geschah, als ich vom Brunnen Wasser holte und den Eimer gerade hochzog. Da trat ein Fremder zu mir und grüßte mich mit seltsamen Worten. Seine Botschaft war mir in meiner Situation völlig unverständlich.«

»Er kündigte dir eine Schwangerschaft an. Der Wunsch, Mutter zu werden, war dir von Gott ins Herz gelegt. Es gehörte zu seinem Plan. Wusstest du noch nicht, was das bedeutet?« fragte das Einhorn,

»Natürlich«, Maria lachte. »Ich hatte schon darüber nachgedacht, wie es sein würde, wenn ich dem jungen Baumeister tatsächlich mein Ja-Wort geben dürfte. Aber in diesem Augenblick war es unmöglich, dass ich schwanger sein konnte.«
»Gabriel hat es dir aber erklärt«, warf das Einhorn ein.

»Ja, er sprach von der Kraft des Höchsten, die mich überschatten würde, und dass das Kind der Sohn Gottes sein werde. Außerdem teilte er mir mit, meine unfruchtbare ältere Verwandte Elisabeth sei ebenfalls schwanger. Das war etwas, das ich nachprüfen konnte. Also sagte ich, dass ich mit Gottes Plänen einverstanden sei und der Bote Gottes verabschiedete sich mit dem Friedensgruß. Ich ging nach Hause und sagte meinen Eltern, ich müsse sofort zu Elisabeth reisen. Ein Bote sei zu mir gekommen, als ich am Brunnen war, um mir mitzuteilen, dass Elisabeth in ihrem hohen Alter noch schwanger geworden sei und meiner Hilfe bedürfe.«

»Damit waren deine Eltern einverstanden? Es war doch eine sehr weite Reise«, wunderte sich das Einhorn. »Vieles konnte dir unterwegs zustoßen.«

»Das stimmt«, bestätigte Maria. »Eine so weite Reise hatte ich noch nie gemacht. Auch wenn ich nicht den ganzen Weg laufen musste, würde sie mehrere Tage dauern, sodass ich Vorsorge für Übernachtungen treffen musste. Auf der Hauptstraße fuhren dauernd Kaufmannswagen, die gern zahlende Reisende mitnahmen. Manchmal waren sie sogar für Übernachtungen geeignet, meist musste man aber in einem Gasthaus einkehren. Da hatten meine Eltern durchaus Bedenken.«

»Und wie hast du sie überredet?«, war jetzt das Einhorn neugierig.

»Meine Mutter meinte, wenn Gott an Elisabeth ein Wunder getan habe und sie mich deshalb rufen ließ, sei meine Reise von Gott gewollt. Josef, der an diesem Abend wieder bei uns zum Essen war, stimmte ihr zu, und mein Vater war bereit, mich bis zur Hauptstraße zu begleiten, damit er wüsste, wem er seine Tochter für die Fahrt anvertraue. Josef wünschte mir eine gute Reise. Bei der Verabschiedung ging ich ein paar Schritte mit ihm vors Haus und erzählte ihm die ganze Botschaft des Engels, weil ich es ihm gegenüber für ehrlicher hielt. Er nickte mir zu und ging schnell davon, ohne ein Wort zu sagen. Das hat mich irgendwie verletzt.«

»Was hattest du denn von ihm erwartet?«, fragte das Einhorn erstaunt. »Du hast ja selbst gezweifelt und wolltest deshalb deine Cousine besuchen. Josef musste doch davon ausgehen, dass du ihm sagen wolltest, es habe keinen Sinn um dich zu werben, weil du dich schon einem anderen hingegeben hättest.«

»Das stimmt. Ich wollte mich von Elisabeths Schwangerschaft überzeugen und fragen, ob sie vielleicht auch eine Himmelsbotschaft erhalten habe und mir sagen könne, wie ich mich nun weiter verhalten solle. Unterwegs habe ich viel darüber nachgedacht.« Maria sah das Einhorn an. »Und dann kamst du auf dem letzten Stück des Wegs, den ich wieder zu Fuß bewältigen musste.«

»Ja, da bin ich für dich sichtbar geworden. Du hattest die Hauptstraße gerade verlassen.« Das Einhorn blieb stehen.

Maria, die noch ein paar Schritte gegangen war, wandte sich zu ihm um. »Ich bin erschrocken, als ich dich erblickte, und dann über einen großen Stein gestolpert. Ich setzte mich darauf. Da hast du dich ganz vorsichtig genähert, dich neben mir niedergelassen und deinen Kopf auf meinen Schoß gelegt. Ich hatte überhaupt keine Angst und habe mich auch nicht gewundert, dass du zu mir sprachst. Du hast mir von den himmlischen Geistwesen erzählt und dass du dazu gehörst wie der Engel Gabriel, der am Brunnen zu mir kam. Du warst genauso plötzlich weg wie der Engel, auch mit dem Friedensgruß.«

»Ich war wieder unsichtbar, wie ich es auf der Erde meist bin. Die Wahrheit wurde dir dann bei Elisabeth sofort bestätigt. Sie wurde durch deinen Gruß vom Heiligen Geist erfüllt. Ihr habt Lob- und Danklieder gesungen und euch an die Vorhersagen der Propheten erinnert. Du bliebst drei Monate dort bis Elisabeth Mutter wurde«, ergänzte das Einhorn.

»Da habe ich noch ein Wunder erlebt«, erzählte Maria weiter. »Elisabeths Mann Zacharias war die ganze Zeit stumm. Als er das Neugeborene auf den Arm nahm, konnte er plötzlich sprechen und sagte: Er soll Johannes heißen. Dann erklärte er uns, er sei stumm geworden, weil er dem Engel nicht glaubte, der ihm die Geburt ankündigte. Jetzt wisse er, dass das Kind eine besondere Aufgabe habe. Er lobte und pries nun den Heiligen Gott und alle Anwesenden stimmten ein.«

»Es wurde doch allmählich Zeit für dich, die Heimreise anzutreten.« Das Einhorn ging weiter. Maria folgte ihm und antwortete: »Eigentlich wollte ich bei Elisabeth bleiben, ihr mit dem Baby helfen und von ihr lernen. Außerdem dachte ich mir, die Kinder könnten gemeinsam aufwachsen, wenn sie doch beide etwas Besonderes sein sollten. Zacharias war dagegen. Er war Priester und auf Grund seiner Erfahrungen mit Gott sah er es nicht so. Wir hatten beide eine Botschaft des Engels erhalten, aber von einer gemeinsamen Zukunft der Kinder war nicht die Rede gewesen. Ich fügte mich und trat die Heimreise an, solange dies bei meinem Zustand noch gefahrlos möglich war. Du hattest mir gesagt, dass alles gut wird. Darauf verließ ich mich.«

»Auf dem Heimweg bin ich dir erneut erschienen«, nahm das Einhorn den Faden auf.

»Das war gut und richtig«, bestätigte Maria. »Mir waren die Konsequenzen für mich klar geworden. Für Elisabeth war es etwas ganz Wunderbares. Sie war verheiratet und erheblich älter als ich. Mir fehlte der Ehemann und Vater zu meinem Kind. Das würde nicht nur in meiner Familie zu Problemen führen.« Ihr Gesichtsausdruck ließ ihre damalige Sorge erkennen.

Das Einhorn lächelte. »Gott wollte, dass ich noch einmal sichtbar wurde, damit du ganz sicher sein konntest, du würdest nie ohne Beistand sein. Es war wieder an der Einmündung des Wegs in die Hauptstraße. Du wartetest nachdenklich auf eine Mitfahrgelegenheit.«

»Ich war so froh, als ich dich sah. Ich hatte so viele Fragen. Du konntest sie zwar nicht beantworten, aber es tröstete mich, dass Gott als Vater meines Kindes mich niemals allein lassen würde. Es hat sich dann ja auch alles wunderbar entwickelt.« Maria lachte in Erinnerung an alle Wunder.

Dann fuhr sie fort: »Josef hatte im Traum eine Botschaft erhalten und bestätigte nach meiner Heimkehr den Ehevertrag. Er verschob seine Rückkehr nach Bethlehem. Das Kind sollte ganz normal im Hause meiner Eltern zur Welt kommen. Dann würde Josef in seiner Heimatstadt Bethlehem ein eigenes Haus für uns bauen, und wir würden als Familie einziehen. Er hatte als Nachkomme Salomos immer noch Anteile an dessen Grundbesitz.«

»Ihr habt aber nicht gewartet«, warf das Einhorn ein.
Sie waren wieder am Ufer des unteren Flusslaufs angekommen. Maria blieb stehen und lauschte dem leisen Plätschern. Dann wandte sie sich dem Einhorn zu und antwortete: »Es war nicht unsere Entscheidung. Das neue römische Steuer- und Meldegesetz verlangte unsere sofortige Abreise, obwohl ich kurz vor der Entbindung stand. Jetzt sehe ich darin ein weiteres Zeichen Gottes für alle Menschen auf der Erde.«

»Wieso das?«, fragte das Einhorn. »Den Engel und mich hast nur du gesehen. Den Entschluss für die Abreise fasstet ihr auf Grund menschlicher Gegebenheiten.«

»Ich meine, unsere eigenen Pläne wurden durchkreuzt«, erklärte Maria. »Es war Gott selbst, der als Mensch geboren werden und seine Kinder aus der Hand des Bösen befreien wollte. Er bestimmte auch seinen Geburtsort.«

»Du hast recht«, antwortete das Einhorn. »Es gehörte zu Gottes Plan. Er konnte nicht in normalen Verhältnissen zur Welt kommen, auch nicht in einem Palast. Die Wurzeln der Bäume sind tief in der Erde, um an das lebensnotwendige Wasser zu gelangen. Auf trockenem Boden wächst nichts.«

»Das verstehe ich nicht. Es ging nicht um Bodenverhält-nisse, sondern um Steuergesetze der römischen Besat-zungsmacht.« Maria sah das Einhorn fragend an.

»Richtig«, stimmte dieses zu. »Das römische Weltreich lebte von den Tributzahlungen der unterworfenen Länder, was überall zu Unruhen führte. Es war deshalb unbedingt erforderlich, eindeutige Gesetze zu erlassen. Damit hatte der römische Kaiser in den verschiedenen Provinzen schon vor deiner Geburt begonnen und passte sie den Gegeben-heiten jeden Landes soweit wie möglich an. Wichtig waren ihm Steuer- und Wehrgerechtigkeit. Wie bei Josef war das Land oft Gemeinschaftseigentum von Sippen. Es musste also vermessen und dem jeweilig Berechtigten zugeordnet werden. Das geschah in Judäa zur Zeit der Geburt deines Sohnes zum ersten Mal. Es war wichtig, dass Josef den Ter-min nicht verpasste, sich seinen Anteil am Besitz zu si-chern. Gleichzeitig mit dieser Eintragung des Grundvermö-gens wurden die Familienangehörigen erfasst. Damit wurde Jesu Geburt in Bethlehem auch für die Welt amtlich beur-kundet. Leider haben die Christen sich erst dafür interes-siert, als die Unterlagen verbrannt waren.«

»Gott hat sich mit seiner Menschwerdung sehr viel Mühe gemacht, Aufmerksamkeit zu erregen«, erzählte Maria wei-ter. »Die Umstände waren etwas ungewöhnlich, doch für mich war diese Geburt einfacher als meine späteren. Kurz vor Erreichen unseres Ziels überfielen mich heftige Wehen, genau neben einer Karawanserei. Ich wollte mein Kind auf keinen Fall draußen auf der Straße gebären. Deshalb gingen wir hinein. Es gab zwar kein Zimmer für uns, aber ein Strohlager mit einem Futtertrog als Baby-Bettchen. Eine königliche Geburt für den König aller Könige, den Retter der Welt war das nach menschlichem Ermessen nicht.«

Maria lächelte bei dem Gedanken, wie sie damals das Neugeborene in ihren Armen hielt und Josef sich um ihr Wohlergehen bemühte.

Das Einhorn bestätigte die Situation. »Ich war unsichtbar dabei. Gott-Vater schickte eine Engelschar zu den Hirten auf den benachbarten Feldern, um ihnen die wunderbare Geburt seines Sohnes zu verkünden. Sie sind gleich gekommen, sich zu überzeugen. Sie zählten in der Gesellschaft ebenso wenig wie euer Vorfahr in seiner Jugend. Deshalb waren sie auserwählt, die Gottesoffenbarung als erste zu hören. Das meinte ich, als ich von den unsichtbaren Wurzeln der Bäume tief unten in der Erde sprach. Sie haben die Engelserscheinung und die frohe Botschaft sofort weitererzählt, die anderen Reisenden, die dort übernachteten, natürlich auch. Doch wen interessierte es?«

»Josef und mich natürlich«, beantwortete Maria die rhetorische Frage. »Wir sind nicht in der Karawanserei geblieben, sondern so schnell wie möglich in Josefs Elternhaus eingekehrt. Josef musste sich um die Grundstücksaufteilung und die Beurkundung seines Besitzes kümmern, um sofort auf seinem Teil ein Haus für uns zu bauen. Auch musste der Junge nach jüdischem Gesetz am achten Tag nach der Geburt beschnitten werden. Dafür war die Notunterkunft nicht geeignet.«

Das Einhorn sah versonnen in die Vergangenheit und ergänzte Marias Bericht: »Du hattest einen Schlafplatz für dich und das Baby im Hause deiner Schwiegereltern bis die Tage deiner Reinigung vorbei waren. Dann gingt ihr mit dem Kind nach Jerusalem, um euren ersten Sohn im Tempel Gott zu weihen, wie es im Gesetz vorgeschrieben war. Ich habe euch natürlich begleitet.«

»Wir kauften entsprechend der Vorschrift zwei junge Tauben als Dankopfer«, fuhr Maria in ihrer Erzählung fort. »Doch bevor wir die Rituale ausführen konnten, sprach uns ein alter Mann an. Er hieß Simeon und Gott hatte ihm versprochen, er würde das Erscheinen des Heilands der Welt noch erleben. Eine alte Witwe namens Hanna kam auch dazu. Sie lebte schon mindestens ein halbes Jahrhundert im Tempel von Spenden; denn sie hatte keine Angehörigen. Sie hoffte ebenfalls auf die baldige Ankunft des Messias. Beide nacheinander nahmen unser Kind auf den Arm, lobten und priesen Gott und segneten es. Simeon betete: Herr, nun lässt du deinen Diener in Frieden scheiden, wie du gesagt hast. Meine Augen haben das Heil gesehen, das du allen Völkern bereitet hast, ein Licht, das die Welt erleuchtet. Wir waren sehr verwundert, doch es passte zu unseren bisherigen Erlebnissen. Als er Josef und mich segnete, fügte er hinzu, durch dieses Kind würden viele zu Fall kommen und viele aufgerichtet werden. Ihm werde widersprochen und durch meine Seele werde ein Schwert dringen. Das hat mich erschreckt. Was meinte er damit? Drohte dem Kind ein Unheil?«

»Josef hat das Haus in Bethlehem fertig gebaut und ihr seid eingezogen«, erzählte das Einhorn die Geschichte weiter, wurde aber sofort von Maria unterbrochen.

»Ich wurde bald an Simeons Worte erinnert. Wir freuten uns auf ein normales Familienleben, aber unser Glück dauerte nicht lange. Eines Tages stand eine Karawane fremder Männer vor unserem Haus. Sie sprachen von einer Himmelserscheinung, der sie gefolgt seien. Die bedeute, es sei ein großer Friedenskönig geboren. In der letzten Nacht habe der Stern eindeutig auf unser Haus gezeigt. Jesus machte gerade seine ersten Schrittchen und war mir zur Tür gefolgt. Da fielen die Männer vor ihm nieder wie vor einem König und übergaben uns kostbare Geschenke bevor sie weiterzogen. Verwundert erzählte ich Josef von diesem seltsamen Besuch, als er von der Arbeit kam. In der Nacht hatte er einen Traum und weckte mich. Ein Engel hatte ihm gesagt, wir sollten sofort fliehen, weil König Herodes das Kind töten wolle. Er fürchtete um seine Herrschaft und hatte aus diesem Grund schon verschiedene andere Personen umbringen lassen. Wir packten das Nötigste zusammen und flohen nach Ägypten. Josef sagte vorher noch seinen Eltern Bescheid und seine Schwester zog in unser Haus, damit es nicht leer stand und Verdacht erweckte.«

»Das war klug von euch. König Herodes war unberechenbar und hat Leid über viele Familien gebracht. Ich wurde euch weiterhin als unsichtbarer Begleiter zugewiesen, damit dem Kind auf keinen Fall etwas Böses geschah. Ich erinnere mich an die beschwerliche Reise.« Das Einhorn schüttelte sich. »Ich habe sehr oft eingegriffen, um euch vor wilden Tieren oder Räubern zu beschützen, ohne dass ihr es gemerkt habt. So seid ihr gut in Ägypten angekommen.«

»Ja, wir waren sehr glücklich, dass man uns einreisen ließ. Josefs Beruf war gefragt und er fand schnell Arbeit und wir eine Unterkunft«, berichtete Maria weiter. »Bald wurde ich wieder schwanger. Wir freuten uns über das weitere Kind und sahen darin Gottes Segen für unsere Ehe.«

»Ihr seid nicht in euer Haus in Bethlehem zurückgekehrt, nachdem König Herodes gestorben war«, bemerkte das Einhorn.

»Das ist richtig«, bestätigte Maria. »Als der Engel Josef dies im Traum mitteilte, sind wir sofort abgereist. Doch unterwegs erfuhren wir, sein Nachfolger sei sein Sohn. Da bekam Josef Angst. Gott schickte ihm noch einen Traum, und wir zogen in meine Heimat. Wir verkauften das Haus in

Bethlehem und erwarben eines mit Werkstatt in Nazareth. Das blieb dann unser Zuhause. Dort wuchsen unsere Kinder auf. Sie vermehrten sich natürlich noch. Das ist in einer glücklichen Ehe so.« Sie lachte.

Dann fuhr sie fort: »Jesus war ein kluges Kind, immer fröhlich, allem gegenüber aufgeschlossen. Er lernte gern, spielte aber auch viel mit seinen jüngeren Geschwistern. Dass er nicht Josefs Kind ist, haben wir niemandem gesagt. Die wunderbaren Offenbarungen über ihn hatte ich tief in meinem Herzen, doch im Alltag spielten sie keine Rolle.«

»Jesus lernte nicht nur alltägliche Dinge, sondern hatte auch Freude am Studium der heiligen Schriften«, ergänzte das Einhorn. »Diese Freude hat er sein Leben lang vertreten und versucht, sie seinen Zuhörern zu vermitteln. Er meinte nicht die Fröhlichkeit, die auch die Welt kennt, sondern die dauerhafte Freude darüber, dass alle Gotteskinder in Ewigkeit mit ihm gemeinsam leben können. Er lachte gern. Doch der Zustand der Welt machte ihn traurig. Er hat oft über die verlorene Menschheit geweint.«

Maria nickte. »An seine Besonderheit wurde ich wieder erinnert, als er zwölf Jahre alt war. Wie jedes Jahr hatten wir uns zum Passahfest der Pilgergruppe nach Jerusalem angeschlossen. Wir verbrachten die Tage wie üblich und machten uns auf den Heimweg. Die älteren Kinder hielten sich selten bei ihren Familien auf, sondern bildeten ihre eigene Gruppe. Deshalb vermissten wir Jesus erst gegen Abend; aber niemand hatte ihn gesehen. Kannst du dir meine Angst vorstellen? Er war doch noch ein Kind und suchte uns vermutlich. Wir eilten zurück, liefen durch die Straßen, nichts. Schließlich gingen wir zum Tempel, um Gott um Hilfe anzuflehen, und da saß er und diskutierte mit den Schriftgelehrten. Sie waren sehr erstaunt über sein Wissen. Seine Religionsmündigkeit, die Bar Mizwa, stand ja erst im kommenden Jahr an. Jesus war verwundert, dass wir Angst um ihn hatten. Er fragte: Wusstet ihr nicht, dass ich im Hause meines Vaters sein muss? Er meinte Gott. Ich hatte von Josef als seinem Vater gesprochen.« Maria schien noch jetzt überwältigt zu sein vom damaligen Erlebnis. »Er kam dann aber ohne weitere Widerworte mit uns zurück nach Nazareth.«

Das Einhorn berührte sie sanft. »Gott lebte in ihm. Das wusste er, ohne dass du es ihm sagtest. Als er an diesem Passahfest den Tempel betrat, fühlte er sich sofort zuhause. Es war aber noch nicht seine Zeit. So war er euch ein gehorsamer Sohn bis ins wirkliche Mannesalter.«

»Richtig«, bestätigte Maria. »Er war etwa dreißig Jahre alt, als Elisabeths Sohn im Jordan taufte und die Frommen beschimpfte. Er war zu einem seltsamen Heiligen geworden, der in der Wüste lebte und für Gott eiferte. Auch Jesus ließ sich von Johannes taufen. Danach verschwand er ebenfalls für vierzig Tage in der Wüste und wanderte anschließend mit verschiedenen anderen Leuten im Land umher. Da haben wir uns wieder Sorgen um ihn gemacht.«

»Johannes taufte Sünder, die zur Buße bereit waren«, ergänzte das Einhorn. »Für Jesus war die Taufe nicht erforderlich. Johannes erkannte es. Doch Jesus bestand darauf. Er wollte mit allen Sündern solidarisch sein. Als er aus dem Wasser stieg, bestätigte Gott ihn als seinen Sohn und schickte ihm den Heiligen Geist in Gestalt einer Taube. Sein Wüstenaufenthalt war eine Prüfung, ob er den Versuchungen Luzifers tatsächlich widerstehen konnte.«

»Er hat diese Prüfungen bestanden und ich habe eingesehen, dass wir ihn gewähren lassen müssen«, fuhr Maria fort. »Wir lebten wie vorher in Nazareth, nachdem Jesus nach Kapernaum gezogen war. Für Josef war das Kapitel

Stiefvater des Gottessohns damit abgeschlossen. Ich hielt mich häufiger unter Jesu Zuhörern auf, fühlte mich aber ebenfalls nicht mehr für ihn verantwortlich. Er war ein erwachsener Mann und offensichtlich sehr erfolgreich. Die Menschen liefen ihm zu Tausenden nach. Nach einer sehr langen Rede versorgte er sie sogar mit Brot und sie wollten ihn zum König machen. Als ich davon hörte, bekam ich wieder Angst um ihn. Das würden die Römer als Aufruhr werten.«

»Seine Brotwunder waren wie alles, was er sagte und tat, Gleichnisse für das Reich Gottes. Darüber haben wir ja schon gesprochen«, erklärte das Einhorn. »Es brauchte aber tatsächlich nicht mehr viel, um das Fass zum Überlaufen zu bringen, wie man auf der Erde sagt. Die angeblichen Hüter der wahren Lehre suchten schon lange nach einem ausreichenden Grund, Jesus der Obrigkeit als Todeskandidat auszuliefern. Kennst du die Geschichte mit der angeblichen Ehebrecherin?«

Maria schüttelte den Kopf und das Einhorn erzählte: »Jesu Gegner suchten einen Grund für die öffentliche Anklage gegen ihn und brauchten eine Situation, in der seine Entscheidung auf jeden Fall die Grundlage dafür sein konnte. Sie zerrten eine Frau vor ihn, die sie angeblich beim Ehebruch ertappt hatten. Also ich glaube nicht daran, dass sie sich freiwillig mit einem anderen Mann einlassen wollte. Wie dumm hätte sie sein müssen bei all diesen Zeugen? Nein, der Hauptankläger hatte in Gegenwart seiner Komplizen versucht, sie zu vergewaltigen, wohl wissend, dass die Aussage einer Frau nichts galt.«

»Hat Jesus die Sache durchschaut und entsprechend reagiert?, fragte Maria.

»Er hat es sich angehört, aber nichts gesagt. Er bückte sich und kritzelte im Sand auf dem Boden bis absolute Stille herrschte. Es war eine bewusst installierte Zwickmühle seiner Feinde. In dieser Situation brauchte er Verbindung mit seinem göttlichen Vater.« Das Einhorn machte eine Pause und kratzte selbst mit einem Huf auf dem Boden. Maria sah auf. »Ich war leider nicht dabei. Erzähl weiter.«

»Also da standen sie alle vor ihm, Steine in ihren Händen und die zitternde Frau im Halbkreis davor.« Das Einhorn hielt kurz inne.

»Dann sagte Jesus: Wer von euch noch nie gesündigt hat, werfe den ersten Stein. Er bückte sich wieder und kritzelte weiter. Wortlos verschwanden alle. Nur die Frau war immer noch da. Jesus trat auf sie zu, nahm sie kurz in den Arm und schickte sie dann nach Hause. In ihr hatte er eine dankbare Verehrerin gefunden. Wahrscheinlich hast du sie bei den ersten Christen kennen gelernt. Ihren Namen weiss ich leider nicht. Jesus war sich durchaus bewusst, dass er die Wut seiner Feinde keineswegs beschwichtigt hatte.«

Maria seufzte. »Ich denke, er hat es darauf angelegt, um Gottes Auftrag möglichst schnell zu erledigen. Jetzt verstehe ich es. Das beste Leben auf der Erde ist mit dem himmlischen nicht vergleichbar. Er wollte heim.«

»Das ist richtig«, bestätigte das Einhorn. »Er musste nur die Dreiheit beachten.«

»Es war das dritte Jahr, seit er sich von der Familie getrennt hatte«, erzählte Maria weiter. »Ich hoffte, ihn auf dem Fest zu treffen, dass wir weiterhin jährlich besuchten. Kurz davor gab es in Jerusalem einen Aufstand, der von den Römern blutig niedergeschlagen wurde, und Pontius Pilatus drohte, das Fest zu verbieten, falls sich ähnliches wiederhole. Da soll Jesus unter dem Jubel des Volkes auf einem Esel in Jerusalem eingezogen sein.«

»Das stimmt. Ich fand das zu diesem Zeitpunkt auch sehr gefährlich und war auf der Hut«, fügte das Einhorn hinzu. »Jesus wollte tatsächlich provozieren. Anschließend sorgte er für Verärgerung im Vorhof des Tempels. Er vertrieb die Händler und stürzte die Tische der Geldwechsler um. Wütend versuchten sie ihn davon abzuhalten. Doch ich verteidigte ihn unsichtbar, was die Verwirrung vergrößerte. Die Tempelpolizei griff nicht ein. Die Zeit war noch nicht gekommen.«

»Wir trafen zwei Tage vor dem Sabbat in unserer Herberge ein und nahmen dort wie üblich das Sedermahl zu uns«, redete Maria weiter. »Am nächsten Morgen hörten wir zu unserem Entsetzen, Jesus sei in der Nacht verhaftet und zum Tod am Kreuz verurteilt worden. Ich rannte sofort in die Stadt, traf meine Schwester Salome und Maria Magdalena, die auch auf dem Weg nach Golgatha waren. Völlig aufgelöst und verzweifelt kamen wir dort an und mussten das Schreckliche mit ansehen. Von seinen Jüngern war niemand da. Nur Johannes stellte sich zu uns. Etwas weiter entfernt standen Frauen, darunter Maria Klopas, Susanna und Johanna. Jesus hat noch einiges gesagt. Er sprach auch mit einem der Verbrecher, die gleichzeitig gekreuzigt worden waren. Schließlich betete er: Vater, vergib ihnen, sie wissen nicht, was sie tun. Es war dunkel geworden, als sei es Nacht, und es war doch erst um die Mittagszeit. Dann gab es ein kurzes Erdbeben. Später hörten wir, der Vorhang vor dem Allerheiligsten im Tempel ist zerrissen. Nach etwa drei Stunden war alles vorbei. Da schrie Jesus laut und starb. Der Hauptmann stellte seinen Tod fest und war selbst ganz erschüttert. Er sagte, das sei wirklich Gottes Sohn gewesen. Der Ratsherr Josef von Arimathäa, der sein heimlicher Anhänger war, stellte sein Felsengrab zur Verfügung. Wir Frauen gingen mit, um zu sehen, wo Jesus bestattet wurde. Wegen des Sabbats verabredeten wir uns für den ersten Tag der Woche, um die vorgeschriebenen Salbungen des Toten vorzunehmen.«

»Hattet ihr nicht mitbekommen, dass das Grab bewacht wurde?«, fragte das Einhorn. »Die geistlichen Führer baten Pilatus darum, weil sie erfahren hatten, dass Jesus von seiner Auferstehung sprach. Nun fürchteten sie, die Jünger würden den Leichnam stehlen. Wie absurd. Die hatten sich vor Angst, selbst verhaftet zu werden, versteckt und wären nie auf eine solche Idee gekommen.«

»Das mit der Auferstehung hatten wir alle gehört, aber nicht verstanden«, musste Maria zugeben. »Auf dem Weg zum Grab fiel uns ein, dass es ja mit einem großen Stein verschlossen wurde und fragten uns, ob wir es schaffen würden, ihn gemeinsam wegzurollen. Da spürten wir plötzlich wieder einen Erdstoß, und als wir am Grab anlangten, war es offen und auf dem Stein davor saß eine helle Gestalt. Die Wächter lagen da wie tot. Wir erschraken sehr, doch das helle Wesen rief uns zu. Fürchtet euch nicht. Jesus ist auferstanden. Geht schnell zu seinen Jüngern und sagt es ihnen.«

»Das habt ihr aber nicht gemacht«, bemerkte das Einhorn.

»Nein, wir waren so aufgeregt und liefen zurück«, antwortete Maria. »Da war noch ein helle Gestalt. War das Jesus? Er sagte ebenfalls, wir sollten zu seinen Freunden gehen. Doch es war alles so unwirklich. Wir brauchten Zeit, um uns zu fassen. Maria Magdalena ist umgekehrt. Sie wollte sich das Grab und die Umgebung noch einmal ganz in Ruhe ansehen, damit wir Gewissheit hätten, was tatsächlich geschehen war. Sonst würde uns sowieso niemand glauben.«

»Ja, ich war die ganze Zeit dort, allerdings unsichtbar«, erzählte nun das Einhorn. »Die Magdalenerin kam langsam auf das leere Grab zu. Die Wächter waren inzwischen in die Stadt gelaufen und hatten dem Hohen Rat berichtet. Maria sah im Grab zwei Engel, die fragten, was sie suche. Sie sagte es ihnen, drehte sich aber gleichzeitig um, weil draußen ein Mann vor dem Grab erschien. Sie hielt ihn für den Gärtner und fragte, wohin er den Toten gebracht habe. Er sah sie an und nannte sie bei Namen. Da erkannte sie Jesus und umarmte ihn voller Glück. Er wehrte ab und gab ihr ebenfalls den Auftrag, seine Freunde zu informieren. Das hat sie sofort getan, doch niemand glaubte ihr. Schließlich gingen auch Petrus und Johannes zum leeren Grab und kamen verstört zurück in den Raum, wo ihr euch sicher glaubtet. Da erschien Jesus persönlich.«

»Wir haben ihn wohl sehr erschrocken angesehen«, mutmaßte Maria. »Er fragte, und das war typisch für ihn, ob wir nichts zu essen hätten. Dann aß er das ihm Angebotene als Beweis, dass er kein Geist sei. Er ließ sich auch berühren, verschwand aber bald. Nun kannten wir die Wahrheit, hatten aber weiterhin Angst, ebenfalls von der Obrigkeit verhaftet und vielleicht wegen Leichenraub angeklagt zu werden.«

Nach kurzem Schweigen fragte Maria: »Was ist mit den Wächtern geschehen? Es war alles so verwirrend, dass ich mich nicht mehr an alles erinnern kann, was in der Zeit geschah.«

Das Einhorn schien amüsiert, wurde aber sofort ernst. »Also ich finde die Geschichte zu komisch. Da haben diese klugen Männer gemeint, einen Betrüger unschädlich gemacht zu haben. Er ist tot und begraben. Das ist bewiesen. Also können sie zufrieden sein. Doch sie fürchteten sich und verlangten von Pilatus Versiegelung und Bewachung des Grabes. Unwillig stimmte er zu und dann geschah das Unvorstellbare. Voller Angst berichteten die Wächter, ein Blitz habe sie geblendet. Durch ein Erdbeben sei der Stein weggerollt und der Tote sei fort. Was fiel den hohen Herren dazu ein? Sie dachten keinen Moment an das Eingreifen Gottes, wie es ihrer Stellung angemessen gewesen wäre. Den verwirrten Soldaten gaben sie Geld und befahlen ihnen, öffentlich zu sagen, sie seien eingeschlafen und in der Zeit sei die Leiche gestohlen worden. Wenn sie deshalb vom Statthalter zur Rechenschaft gezogen würden, werde man dafür sorgen, dass ihnen nichts geschehe. Aber das konnten sie leider nicht. Pilatus fühlte sich von der geistlichen Obrigkeit und ihrer Religion missbraucht und war verärgert über immer neue Ansinnen. Für Soldaten, die auf Wache einschliefen, galt die Todesstrafe. Ehrlichkeit wäre besser gewesen und hätte vielleicht sogar ein Umdenken bei den wirklich Schuldigen bewirkt. Was meinst du?«

»Ich denke, sie wussten genau, dass sie Unrecht taten und Jesus wirklich lebt. Es erschütterte aber ihr Weltbild und ihren Glauben. Deshalb kämpften sie verzweifelt weiter.« Maria sah das Einhorn traurig an. »Die Wächter tun mir leid. Ohne die Geistlichkeit hätten sie eine Chance gehabt, Jesus zu erkennen wie der Hauptmann bei der Kreuzigung.«

PFINGSTEN

Irgendwas ist irgendwann geschehen.
Das können oder wollen wir nicht verstehen.
Menschen verschiedener Rassen und Zungen
haben gemeinsam vom Frieden gesungen.

Fremdheit und Hass waren verschwunden,
wenn auch nur für ein paar Stunden.
Dann kamen die Klugen, die Spötter,
lobten den Weingeist, verlachten die Götter.

Wir malen den Heiligen Geist heut als Taube
und setzen sie auf die Gartenlaube
als Zeichen des Friedens, und Feuerzungen
bedeuten nichts Gutes, Alten wie Jungen.

Haben wir nicht irgendwas übersehen?
Ist da nicht noch etwas anderes geschehen?
Wurde uns nicht ein Zeichen gesendet
dafür, dass etwas Großes vollendet?

Vollendet, um uns zur Umkehr zu stärken.
Wir sind zu schwach, mit eigenen Werken
aufzurichten das Welt-Friedensreich,
in dem alle Menschen sind wertvoll und gleich.

Schrecken und Angst sollen nicht mehr regieren,
wenn wir einander zärtlich berühren
und wissen, ich trage des anderen Last,
weil er sich mit meinen Problemen befasst.

(Erstveröffentlichung 1994 in »Das falsche Symbol«, Edition Fischer)

Sie waren schweigend durch einen Wald gewandert und hatten dem Gesang der verschiedenartigen bunten Vögel gelauscht, die in den Zweigen der Bäume saßen oder umherflogen und tirilierten und jubilierten. Nun standen sie vor einem Wasserfall, der sich vom Felsen stürzte. Die weit umher sprühenden Wassertropfen ließen mehrfache Regenbögen aufleuchten.

Maria legte ihre Hand auf den Hals des Einhorns. »Schau nur die wunderbaren Farben. So schön habe ich Gottes Bogen auf der Erde nie gesehen, obwohl er doch sein Bundeszeichen für die Menschen ist. Gibt es ihn dort noch? Erzähl mir, was sich seit meiner Lebenszeit auf der Erde verändert hat.«

Das Einhorn seufzte. »Das ist so viel, dass es Bücher füllen würde, und erklären kann ich es nicht. Den Regenbogen gibt es noch, aber nicht mehr als Gottes Bundeszeichen. Er steht für Vielfalt und Gleichberechtigung. Das ist er ja auch hier bei uns: Viele Farben nebeneinander, die ineinander übergehen und ein harmonisches Ganzes bilden. So hat Gott sich die Menschheit gedacht. Davon ist sie leider weit entfernt. Wer überhaupt noch an Gott glaubt, sucht ihn in Religionen. Doch schon Jakob erfuhr in seinem Traum von der Himmelsleiter, dass es keinen Weg von unten nach oben gibt. Die Leiter wurde von oben ausgeworfen.«

»Das ist richtig.« Maria nickte bestätigend. »Deshalb hat mein Sohn gesagt, dass er der Weg ist. Er kam von oben. Erinnert sich daran niemand mehr?«

»Natürlich hat nicht nur die Zahl der Menschen erheblich zugenommen, auch der Christen. Die Welt scheint zu einer Großstadt zusammengeschrumpft zu sein. Man nennt es global«, erläuterte das Einhorn. »Die Erde besteht zwar immer noch aus unterschiedlichen Erdteilen zwischen den Weltmeeren mit verschiedenen Völkern, doch fast jeder ist jederzeit und überall erreichbar, hört und sieht alles und ist viel unterwegs.«

»Das hört sich doch gar nicht schlecht an«, warf Maria ein.

»Es könnte sogar sehr gut sein«, antwortete das Einhorn, »wenn es nicht überall machtgierige Herrschertypen gäbe, die ihre Untertanen unterdrücken und Krieg gegeneinander führen zu Lasten der Bevölkerung. Ganz selbstverständlich lassen sie sich von Luzifer beeinflussen und bilden sich ein, zum Herrscher der Welt berufen zu sein.«

»Das ist nicht neu«, bemerkte Maria. »Als Weltherrscher fühlte sich schon der römische Kaiser und erhob sich selbst zum Gott.«

»Inzwischen hat sich Gott den Menschen aber offenbart, wie du selbst sagtest. Große Gebiete nennen sich sogar christlich. Nach den vielen Erfindungen zu urteilen, müssten die Menschen klüger sein«, antwortete das Einhorn. »Doch den Anhängern der virtuellen Welt geht es weniger um das Wohl der einzelnen Menschen als um die Allmacht im Weltall.«

»Alle Menschen können nicht Forscher oder herrschsüchtig sein. Wenn sie jederzeit miteinander Kontakt haben, nutzen sie die Erfindungen. Da müssen sie gut informiert und in der Lage sein, selbst Einfluss auszuüben«, war Maria überzeugt.

»Das ist im Einzelfall wohl möglich. Ich bin ja nicht überall gleichzeitig. Ich werde eingesetzt, wenn meine Schnelligkeit und Stärke irgendwo gebraucht werden. Da begegnet mir in letzter Zeit überall dasselbe: Stress und Misstrauen«, erwiderte das Einhorn. »Alle sind ununterbrochen beschäftigt und haben Angst, etwas zu übersehen oder zu verpassen. Zeit für sich haben Menschen selten, für Gott gar nicht. Pilatus hat im Prozess gegen deinen Sohn gefragt: Was ist Wahrheit? Jetzt scheitert eine Antwort auf diese Frage schon bei den einfachsten Aussagen. Es gibt Staaten, da gilt nur als Wahrheit, was der Herrscher sagt. Wer ihm nicht glaubt, wird hart bestraft. Aber auch dort, wo alle Medien frei zugänglich sind, ist es schwierig, die Wahrheit herauszufinden. Aus den Geräten kommen Lügen, Hassreden und Morddrohungen. Wie sollen sie da richtig reagieren? So gut der Fortschritt in manchen Dingen auch sein mag, einem liebevollen Miteinander dient er nicht.«

»Da bin ich aber froh, nicht mehr dort zu sein«, freute sich Maria. »Das Leben muss unglaublich belastend sein, wenn man allem misstrauen muss.«

»Jetzt müsstest du Elisabeth aber nicht besuchen, um mit ihr zu reden«, tröstete sie das Einhorn. »Ihr könntet euch auf Geräten sogar sehen, allerdings nicht berühren.«

»Das wäre damals gut gewesen. Hier genügen unsere Gedanken, um mit jemandem in Verbindung u treten. Um einander körperlich nahe zu sein, muss man auf der Erde doch wohl noch reisen«, vermutete Maria.

»Das stimmt. Die Reisen sind aber erheblich bequemer und schneller geworden. Die Wagen brauchen keine Zugtiere mehr, und nicht nur über Land, auch auf dem Wasser und in der Luft ist der Zeitaufwand für Reisen sehr geschrumpft«, ergänzte das Einhorn.

»In der Luft? Sind die Menschen zu Vögeln geworden?«, fragte Maria verwundert.

»Nein, sie haben Flugzeuge erfunden, die mit großer Geschwindigkeit um die ganze Welt fliegen, nicht nur so kleine Gleiter, wie sie schon die Ägypter hatten. Davon hast du vielleicht zu deinen Lebzeiten gehört.«

»Ich kann mich nicht erinnern, aber sprich weiter. Die Menschen scheinen inzwischen Wunder zu vollbringen.« Mit großem Interesse sah Maria das Einhorn an.

»Allein in den letzten hundert Jahren hat der Mensch viele der ihm verborgenen unsichtbaren Kräfte entdeckt und sich nutzbar gemacht«, wusste das Einhorn. »Sie haben inzwischen nicht nur Satelliten im Weltraum stationiert, sondern fliegen selbst dort hin. Ihre Geheimnisse speichern sie in den Wolken und wundern sich, wenn sie missbraucht werden. Luzifer freut sich, dass immer mehr Menschen glauben, Gott gleich zu sein. Er ist eifrig dabei, auf der Erde sein Gegenreich zum Reich Gottes zu errichten. Er unterstützt die Religionen und erscheint als Engel des Lichts. Er hat es eilig, da seine Wirkungszeit begrenzt ist.«

»Er ist die Schlange, der mein Sohn den Kopf zertreten hat. Warum hat er überhaupt noch Zeit, um auf der Erde zu herrschen? Das verstehe ich nicht«, warf Maria ein.

»Du hast nie daran gezweifelt, dass die heiligen Schriften wahr sind und es nur einen Gott gibt«, antwortete das Einhorn. »Du wusstest aber auch, dass viele andere Völker an viele Götter glauben und Herrscher sich für Gott halten. Das war immer schon Luzifers Werk und lässt sich nicht von heute auf morgen ändern.«

»Du meinst die Römer«, erkannte Maria. »Deshalb wartete mein unterdrücktes Volk auf den Messias, der die Mächtigen vom Thron stoßen würde. Nach meinen Erlebnissen mit Gott und meinem Sohn glaubte ich, er sei es. Dann erkannte ich, sein Reich besteht unabhängig und neben den irdischen. Er schickte seinen Anhängern den Heiligen Geist und forderte sie auf, die frohe Botschaft in der ganzen Welt zu verkünden. Wir gingen davon aus, sie werde sich wie ein Feuer ausbreiten, und es werde nicht lange dauern, bis Jesus zum letzten Gericht über die Menschheit zurückkommen werde, wie er es versprochen hat. Daran haben auch die Apostel geglaubt.«

»Vergiss mal die irdische Zeit«, antwortete das Einhorn. »Für Gott zählt die Ewigkeit. Das hektische Treiben Satans dient zur Prüfung der Menschen, damit am Ende aller Zeiten nur die bei uns sind, die sich bewährt und ihren Glauben nicht verleugnet haben. Zur Zeit steht bei den wenigsten Menschen Gott im Mittelpunkt. Sie sind überzeugt, alles selbst erschaffen zu können, auch das ewige Leben auf der Erde. Würden sie ihre eigenen Gedanken einmal zu Ende denken, würden sie davor erschrecken. Doch das tut niemand.«

»Du sagtest, sie führen immer noch Kriege. Halten sie das für die Ewigkeit erstrebenswert?«, wunderte sich Maria.

»Natürlich nicht«, erwiderte das Einhorn. »Es sind nur einige machtbesessene Aggressoren, die mit der absoluten Unterdrückung ihrer Völker begannen. Andere Staaten versuchten, sie daran zu hindern, und schon kämpfen alle gegeneinander. Zu allen Zeiten gab es die Auffassung, man könne Frieden auf der Welt nur mit Waffen erstreiten, was natürlich Unsinn ist. Gewalt zeugt Gewalt, keinen Frieden.

Es gibt auch viele friedliebende Menschen, die dies erkannt haben und versuchen, andere Mittel und Wege zu finden. Zur Zeit ist es auf der Erde aber nirgendwo paradiesisch. Das wird es auch nie sein. Die Menschen haben vergessen, dass sie Teil der Natur sind. Statt sie zu bewahren, tun sie alles, um sie zu zerstören. Dir sind sicher die vielen kleinen Kinderseelen aufgefallen, die von ihren Schutzengeln zu uns gebracht werden in die Liebe Gottes. Sie sind auf der Erde verhungert oder an Seuchen gestorben. Das Klima ändert sich, die Naturkatastrophen nehmen zu, die Ausbeutung der Armen auch, und die Energie wird knapp.«

»Und dagegen kann nichts getan werden?«, entsetzte sich Maria.

Das Einhorn schüttelte den Kopf.

»Man hätte viel früher damit anfangen müssen, doch die Machtgier der Reichen hat dies bisher verhindert. Dann kam ein ihnen unbekanntes Virus hinzu und die Pandemie versetzte die gesamte Menschheit in Panik. Man suchte nach Sündenböcken wie schon in der Zeit, als man die Ursache für Seuchen noch nicht kannte. Das erzeugt Hass und Vorurteile gegen bestimmte Volksgruppen. Jetzt erfand man zwar Impfstoffe, setzt sie wahrscheinlich aus Kostengründen aber nicht weltweit ein. Auch in den reichen Ländern nimmt die Armut durch ansteigende Energiepreise erheblich zu.«

»Die Menschen tun mir leid. Wenn sie doch, wie du vorhin sagtest, die verborgenen Kräfte nutzen können, warum setzen sie sie nicht für Wohlergehen und Gerechtigkeit aller Menschen ein?«, fragte Maria verständnislos. »Das würde doch dem Frieden dienen.«

»Sie vertrauen ihren eigenen Erfindungen, die überall im Mittelpunkt stehen, und haben höhere Ziele als das Wohl der Menschheit auf der Erde. Ihr Paradies ist digital«, erklärte das Einhorn. »Sie träumen davon, bald alle Galaxien bereisen zu können, um den Himmel auf die Erde zu holen. Sie müssen nur noch herausfinden, wie man schneller als das Licht sein kann. Das ist nämlich die Grenze für die Menschen, die sie nicht überschreiten können.«

»Natürlich nicht«, bestätigte Maria. »Gott ist das Licht. An ihm kommt keiner vorbei. Niemand kann ungerufen in sein Licht vordringen. Das sollten die Menschen doch eigentlich wissen.«

Das Einhorn nickte. »Sie feiern immer noch jedes Jahr den Aufgang der wahren Sonne als Weihnachtsfest, doch nur wenige denken dabei an die Geburt deines ersten Sohnes und Gott. Dass hier der Schlüssel für die Lösung aller Probleme liegen könnte, kommt ihnen nicht in den Sinn.«

»Darüber sprachen wir schon.« Maria ging auf einen Baum zu und pflückte zwei leuchtend rote Himmelsfrüchte. Eine reichte sie dem Einhorn. »Sie bedeutet Liebe und verspricht echten Genuss. Das fehlt den Menschen. Wir können ihnen nur baldige Erkenntnis wünschen. Sie sind für ihr Leben und alles, was sie tun, selbst verantwortlich.«

DIE BRÜCKE ZU GOTT

Als Gott sprach: Es werde!
entstanden Himmel und Erde,
die Natur, die Lebewesen und
leider bald auch der Sund.

     Nun lebten seine Kinder
     auf der Erde als Sünder.
     Doch Gott blieb ihnen gewogen,
     spannte aus den Regenbogen
     zwischen Himmel und Erde als Zeichen:
     ER wird nie von ihnen weichen.

Gott liebt sie und kennt die Lücke,
spannte darüber die Brücke,
besiegte am Kreuz den Tod.
Eins sind der Sohn und Gott,

     mit ihm auch begnadete Sünder
     als Gottes geliebte Kinder.
     Sie dürfen dies Wunder entdecken.
     Der Tod kann sie nicht mehr schrecken.
     Gott reicht ihnen beide Hände,
     zieht sie zu sich zum seligen **Ende**.

C
H
R
I
JESUS
T
U
S
+